太宰 治經典名作選

斜陽

太宰 治 著

高詹燦 譯

一九四〇年春，太宰治攝於北多摩郡三鷹町（今三鷹市）下連雀自宅。（日本近代文學館提供）

一九四〇年八月，太宰治與妻子美知子攝於北多摩郡三鷹町（今三鷹市）下連雀自宅。（日本近代文學館提供）

太田靜子，太宰治的情人，《斜陽》的女主人公和子的原型。

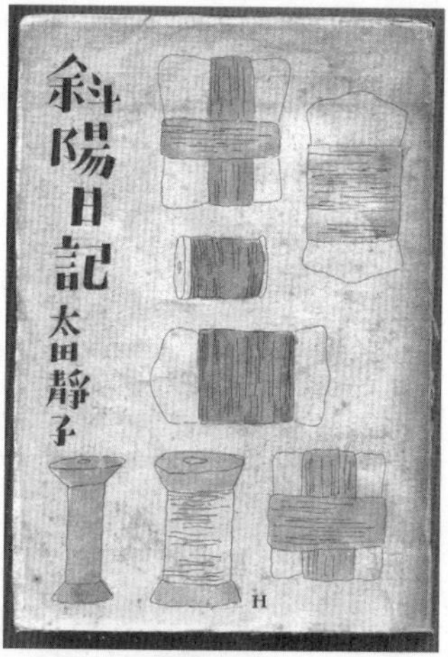

太宰治藉由靜子的日記獲得《斜陽》的創作靈感，太宰死後，靜子於一九四八年將自己的日記彙整成《斜陽日記》出版。

《斜陽》在一九四七年七月至十月期間連載於《新潮》雜誌，原稿收藏於日本近代文學館，約五百二十一張的原稿當中，原有六張原稿佚失，圖為後於二〇一七年在新潮社前社長家中發現，刊載於《新潮》九月號和十月號上兩篇各自的頭兩頁原稿，即其中四張佚失原稿。

太宰治生平代表作之一《斜陽》於一九四七年的初版封面。

一九四四年，太宰治攝於北多摩郡三鷹町（今三鷹市）下連雀自宅附近。（攝影／渡邊好章）

目錄

斜陽

一

清早，母親在餐廳裡喝了一匙湯後，微微發出「啊」的一聲驚呼。

「有頭髮嗎？」

我心想，難道是湯裡混入什麼噁心的東西？

「不。」

母親就像什麼也沒發生過似的，又輕快地舀了一匙湯送入口中，若無其事把臉轉往一旁，視線投向廚房窗外盛開的山櫻，接著就這樣維持臉轉向一旁的姿勢，又輕快地舀起一匙湯，送進她那小巧的兩片紅唇間。就母親的情況來看，用輕快來形容，一點也不誇張。婦女雜誌上刊登的用餐方式和她截然不同。弟弟直治也曾經一邊喝酒，一邊對我這位姊姊這樣說道：

「不能因為擁有爵位，就當自己是貴族。有人就算沒有爵位，也擁有『天爵*』，是了不起的貴族；也有人像我們一樣，只擁有爵位，但別說是貴

*原意為上天賜予的爵位，亦即與生俱來的德望。

族了，簡直就像賤民一樣。像岩島（直治舉同學中的某伯爵為例）那樣，感覺根本比在新宿花街裡拉客的皮條客還要低俗。像前一陣子，在柳井（弟弟同樣舉他的同學為例，此人是某子爵的次子）他大哥的婚禮上，真混蛋，竟然連晚宴服都穿上了，再怎麼說也沒必要穿晚宴服來吧？穿晚宴服就算了，在宴會致詞時，那傢伙還使用矯揉造作的敬語，我都快吐了。所謂裝模作樣，和高雅完全沾不上邊，只是膚淺的虛張聲勢。寫有『高級住宅』字樣的招牌，在本鄉一帶隨處可見，但其實大多數貴族就像是高級乞丐。真正的貴族，才不會像岩島那樣裝腔作勢，顯得很不入流。像我們家，真正的貴族就像母親這樣。她是如假包換的貴族，有些方面無人能及。」

就從喝湯的方式來看，我們都是朝盤子上方微微低下頭，然後將湯匙橫拿在手上，舀起湯來，保持湯匙水平送入口中。母親則是以左手手指輕輕搭在桌子外緣，上身完全不往前彎，臉部一樣高高抬起，對盤子連看也不看一眼，就這樣橫拿著湯匙舀起湯，然後以教人想用「燕子」來形容的輕快動作，讓湯匙與嘴巴呈直角，從湯匙前端讓湯流入雙脣間。她就這般天真無邪地望向一旁，以輕快的動作操控手中的湯匙，猶如揮動小小的翅膀，連一滴湯都不會灑落，而且完全不會發出吸吮或碰撞盤子的聲響。這樣的進食方式或許比不上所謂的正統禮儀，但看在我眼裡，只覺得那動作可愛極了，這才是如假包換的貴族。而事實上，讓湯如此流入口中的喝湯方式出奇好喝。不過，我就像直治口中的高級乞丐，無法像母親那樣輕鬆自然地操控湯匙，沒辦法，我只能死心，還是一樣把頭低向盤子，遵照所謂正統禮儀，採取死氣沉沉的用餐方法。

不限於喝湯，母親的用餐方式完全不遵從禮法。肉端上桌時，她會馬上用刀叉將肉全部分切成小塊，然後放下刀子，改為右手持叉，將切好的肉塊一一叉起，慢慢享用。此外，當遇到帶骨的雞肉，我們小心翼翼不讓盤子發出聲響，從骨頭上切下雞肉時，母親總是不當回事地用指尖拈住雞骨，一把挑了起來，送進嘴裡讓骨肉分離。就連如此野蠻的動作，只要是由母親來做，不光顯得可愛，還多帶一分性感，所以正牌的貴族果然就是不一樣。可不光只有吃帶骨雞肉時才這樣，像飯裡的火腿或香腸這類配菜，母親偶爾也會直接用指尖拈起來吃。

「你知道飯糰為什麼好吃嗎？因為飯糰是人用手指捏出來的。」

母親曾這樣說過。

直接用手拿起來吃，或許真的比較可口，我也曾這麼想，但像我這種高級乞丐，要是也來東施效顰，恐怕就真的成了一幅乞丐進食圖，我一直忍住不這麼做。

就連弟弟直治也說「真是服了母親」。但我深深覺得，要模仿母親難如登天，甚至有種近乎絕望的感受。某個初秋的月夜，在我們位於西片町的家中後院，我和母親兩人在池邊的涼亭賞月，笑著聊到狐狸出嫁和老鼠出嫁，牠們的嫁妝會有什麼不同，這時母親突然起身，走進涼亭旁的胡枝子花叢中，接著從胡枝子的白色花叢間探出她那更為白皙的臉蛋，嫣然一笑。

「和子，妳猜媽媽現在在做什麼。」母親說。

「妳在摘花。」

我如此應道，母親聽了之後，小聲笑著說道：

「我在尿尿。」

我見她完全沒蹲下身，對此頗感驚訝，但感覺真是可愛極了，我完全模仿不來。

從一早的喝湯方式跳到這裡，似乎嚴重偏題，不過之前我讀過某本書，得知在路易王朝時代，當時貴婦會直接在宮殿庭園及走廊的角落小號而面不改色，這樣的天真無邪當真可愛，我心想，像這種貨真價實的貴婦，母親該不會是碩果僅存的最後一位吧。

今天早上她喝了一口湯，微微發出一聲驚呼，於是我問她「有頭髮嗎」，她回答「不」。

「太鹹嗎？」

早上的湯，是我將美國配給的豌豆罐頭搗碎過篩後，做成濃湯狀的料理，原本我對做菜就沒什麼自信，所以儘管母親說不會太鹹，我還是忐忑不安地詢問。

「妳煮得很棒。」

母親認真地說道，把湯喝完，接著伸手拿起包海苔的飯糰吃了起來。

從我小時候起，早餐便一點也不可口，在早上十點以前，我都不會感到肚子餓，因此當時也是光喝湯就能湊合一餐。我嫌吃飯麻煩，總是將飯糰放在盤子上，用筷子戳進飯糰裡，將它搗得亂七八糟，再用筷子夾起一小塊，像母親喝湯時拿湯匙一樣，讓筷子和嘴巴呈直角，像在餵食鳥兒一樣往嘴裡送，慢吞吞地嚼著，這時母親已吃完飯，悄悄起身，背倚著晨光照耀的牆壁，不發一語看著我吃飯，然後說道：

「和子，妳這樣不行喔。早餐就要吃得津津有味才行。」

「媽，那妳呢？好吃嗎？」

「當然好吃啊。因為我已經不是病人了。」

「我也不是病人啊。」

「不行、不行。」

母親神情落寞地笑著，搖了搖頭。

我五年前染上肺病，有段時間臥病在床，但我明白那是任性成疾。而母親之前得的病，則真的是既可憐又令人憂心的疾病。但母親只掛念我的事。

「啊。」我說。

「怎麼了？」

這次換母親問了。

我與她互望一眼，有種彼此心知肚明的感覺，我呵呵輕笑，母親也為之莞爾。

每當羞愧難當的情緒向我襲來時，我就會微微發出「啊」一聲奇妙的驚呼。六年前我離婚時的事，此刻突然鮮明浮現腦海，我一時忍不住，「啊」

的驚呼一聲，可是，以母親的情況來說，又是怎樣的情形呢？母親不可能像我一樣有羞愧的過去，不，還是說，她也有什麼隱情？

「媽，妳剛才也想起了什麼吧？是什麼呢？」

「我忘了。」

「我的事嗎？」

「不。」

「難道是直治？」

「對。」

她話說到一半，頭往旁邊一偏，接著補上一句：

「或許是吧。」

弟弟直治大學讀到一半受徵召入伍，前往南方的島嶼，就此音訊全無，終戰後依舊下落不明，儘管母親說，她已做好今後再也見不到直治的心理準備，我卻從來沒做過這樣的「心理準備」。我總認為日後一定會再重逢。

「雖然我自認已經死心，但喝了好喝的湯，想起直治，還是難受得不得了。不禁心想，當初要是對直治再好一點就好了。」

直治從高中時代起便很沉迷文學，過著幾乎等同不良少年的生活，不曉得讓母親吃了多少苦頭。而母親卻在喝了一口湯的同時想起直治，「啊」的輕聲驚呼。我朝嘴裡送了一口飯，雙眼為之一熱。

「放心。直治不會有事的。像他那種壞蛋，才沒那麼容易死呢。會死的人，往往都是老實、漂亮、個性善良的人。直治那樣的人，就算拿棍子打他，也一樣死不了。」

母親莞爾一笑，調侃我道：

「這麼說來，和子，妳是會早死的那種人囉？」

「啊，為什麼？我是壞蛋，而且又是凸額頭的醜女，所以活到八十歲沒問題。」

「是嗎？這樣的話，媽媽我活到九十歲也不成問題吧。」

「咦……」

我話說到一半，心裡有點困惑。壞蛋長命，漂亮的人卻早死。母親很漂亮，但我希望她能長命百歲。我大感不知所措。

「妳就別欺負我了！」

說完後，我的下脣顫抖起來，眼淚撲簌而下。

說個關於蛇的故事吧。四、五天前的下午，附近的孩子們在庭院竹籬裡發現十顆左右的蛇蛋。

孩子們一口咬定：

「這是蝮蛇*的蛋。」

我心想，要是竹籬裡生出十條蛇來，以後可就不能隨便到庭院去了，於是我說：

「燒了吧。」

*日本蝮蛇，日本的特有種毒蛇。

孩子們大為雀躍，跟在我後頭走。

我在竹籬附近堆起樹葉和柴枝，點燃火，把蛇蛋一顆顆拋入火中。蛇蛋遲遲燒不起來。孩子們朝火裡放入更多樹葉和樹枝，增強了火勢，蛇蛋卻還是燒不起來。

下面農家的女兒從樹籬外笑著問道：

「您在做什麼啊？」

「燒蝮蛇的蛋。要是跑出蝮蛇來，那多嚇人啊。」

「蛋多大呀？」

「和鵪鶉蛋差不多，顏色雪白。」

「那只是一般的蛇蛋，不是蝮蛇的蛋吧。生蛋不容易燒得起來喔。」

女孩似乎覺得好笑，笑著離開。

我燒了約三十分鐘，蛇蛋就是燒不起來，於是我叫孩子們從火裡撿起蛋來，改埋在梅樹下，我湊來了一些小石頭，作成墓碑。

「好了，大家一起拜吧。」

我蹲下身，雙手合十，孩子們也乖乖在我身後蹲下，合掌膜拜。之後我與這些孩子道別，獨自走上石階，母親就站在石階上方的紫藤花架下，對我說道：

「妳怎麼做出那麼殘酷的事來。」

「本以為是蝮蛇，沒想到只是普通的蛇。我已經將牠們厚葬，沒事了。」

我嘴上雖這麼說，但心裡卻想被母親撞見那一幕，實在糟糕。

母親絕不是個迷信的人，但自從十年前父親在西片町的家中過世後，她便對蛇充滿畏懼。父親臨終前，母親看到一條細長的黑繩掉在父親枕邊，不疑有他，隨手想拿起來，沒想到竟是條蛇。那條蛇一溜煙逃向走廊，之後便不知躲哪兒去了，目睹那一幕的只有母親與和田舅舅兩人，他們倆面面相覷，但在父親臨終之際，為了避免家中引發風波，兩人忍了下來，什麼也沒說。我們當時也在場，關於那條蛇的事卻毫不知情。

然而，父親過世那天傍晚，有條蛇爬向庭院池子旁的樹上，這是我親眼所見，所以我知道這件事。我現在已是二十九歲的老女人，十年前父親過世時，我十九歲，當時早已不是小孩了，儘管歷時十年之久，至今仍記憶猶新，應該不會記錯。當時我走向庭院的池畔，想剪些花供奉在靈前，就在池畔的杜鵑花旁駐足時驀然發現，杜鵑枝頭上纏著一條小蛇。我略感吃驚，想改折棣堂花的細枝，但樹枝上同樣纏著一條蛇。一旁的桂花、青楓、金雀花、紫藤、櫻樹，每株樹上都有蛇纏繞。我並不感到多害怕，只覺得，這些蛇應該也和我一樣，對父親的過世感到悲傷，才爬出洞裡，祭拜父親的靈魂。於是我私下告訴母親庭院裡有蛇的事，母親顯得很沉著，只是微微側著頭，顯得若有所思，但什麼也沒說。

然而，就這兩件和蛇有關的事，之後讓母親變得非常怕蛇，這也是事實。與其說怕蛇，不如說是對蛇感到崇敬、畏懼，也就是懷有一份敬畏之心。

母親撞見我燒蛇蛋的舉動，一定覺得很不吉利，想到此，我也不禁覺得燒蛇蛋是個可怕的行徑，看在母親眼裡，或許會擔心這麼做將遭來報應，我內心焦慮不已，過了一天、兩天，還是忘不了此事。甚至今天早上在餐廳裡，我還脫口說出什麼「漂亮的人早死」這種離譜的話來，事後無法為自己打圓場，就這麼哭了起來。吃完早餐後，我一面收拾餐具，一面覺得宛如有條會縮短母親壽命的詭異小蛇跑進我體內，心裡很不是滋味。

接著，那天我在庭院裡看到了蛇。那天是風和日麗的好天氣，我忙完廚房的工作之後，將藤椅搬往庭院草地上，打算在那裡織毛線。就在我搬藤椅走下庭院時，發現庭石的細竹上有蛇。啊，真是的。我腦中只閃過這個念頭，沒進一步細想，搬著藤椅回到外廊上，改將椅子放在外廊，坐下來織起了毛線。下午時分，我想到家中庭院角落的佛堂去，從裡頭的藏書中取出瑪麗．羅蘭珊*的畫集，於是走下庭院，又瞧見有條蛇緩緩在草地上爬行。和早上那條蛇一樣，體態細長、優雅的蛇。我認為「她」是母蛇。她靜靜地穿越草地，來到野玫瑰的樹蔭下，之後停了下來，昂首吐出火焰般的細長舌

* Marie Laurencin，一八八三～一九五六，二十世紀初期少數活躍於巴黎藝壇的女性藝術家。

頭。接著擺出觀察四周的姿態，過沒多久，低下頭，盤起身子，十足慵懶的模樣。當時我覺得這條蛇真美，接著便走進佛堂，取出那本畫集，回來時悄悄朝那條蛇的位置瞥了一眼，但已不在原地。

向晚時分，我和母親在中式房間喝茶，同時望向庭院，發現早上那條蛇又悠然出現在石階第三級的石頭上。

母親也看到那條蛇。

「哪來的蛇？」

她話才一出口，便馬上站起身奔向我身旁，執起我的手，呆立原地。經她這麼一問，我才猛然驚覺，脫口說道：

「難道是那些蛋的母親？」

「沒錯，一定是的。」

母親的聲音顯得沙啞。

我們兩人牽著手，屏住呼吸，默默望著那條蛇。慵懶盤踞在石頭上的蛇，又搖搖晃晃動了起來，只見她柔弱無力地橫越石階，鑽進燕子花的花叢裡。

「從今天早上就在庭院裡四處遛達了。」

我悄聲說道，母親聞言後嘆了口氣，整個人癱坐在椅子上，沉聲地說：

「我就說吧？她在找她的蛋，真是可憐。」

我只能無奈在一旁傻笑。

夕陽餘暉照在母親臉上，母親的雙眼看起來像是散發著藍光，那彷彿微慍的臉龐，美得教人想撲過去一把抱住。我突然心想，啊，母親的神情，與剛才那悲傷的蛇有幾分相似。不知為何，我總覺得那隻住在我心裡、如蝮蛇般慵懶而醜陋的蛇，總有一天會咬死這因悲傷而愈顯美麗的母蛇。

我伸手搭向母親那柔軟纖瘦的肩膀，感到一陣無來由的難過。

我們拋下東京西片町的住家，改搬到伊豆這處帶有一點中國風的山莊，是在日本無條件投降後的十二月初。自從父親過世，家中經濟完全仰賴母親的弟弟，亦即和田舅舅關照，他同時也是母親僅存的親人。戰爭結束後，世道改變，和田舅舅似乎對母親說，已經沒辦法了，眼下除了賣房子之外，別無他法，女傭們也盡數解僱，妳們母女倆買棟漂亮的鄉下房子，在那裡悠哉過日子吧。對於錢的事，就連小孩子懂得都比母親多，聽和田舅舅這麼說，母親只對他說了一句「一切就有勞你安排了」。

十一月底，我們收到一封舅舅寄來的限時信，上頭寫道——河田子爵位於駿豆鐵路旁的別墅出售，那裡地勢較高，視野絕佳，還有上百坪農田，那一帶是賞梅盛地，冬暖夏涼，我想您住了之後一定會喜歡，或許有必要直接和對方當面洽談，請您明天走一趟我銀座的事務所。

「媽，妳要去嗎？」我問。

「因為是我拜託他辦的。」

母親無比落寞地笑著說。

隔天，母親請之前的專屬司機松山先生陪同，過午時前去，晚上八點左右才由松山先生送回家中。

「談成了。」

母親走進我房間，將手撐在桌上，直接癱坐下來，說了這麼一句。

「妳說談成了，到底談成了什麼？」

「全部。」

「可是……」

我大感驚訝。

「連屋子長怎樣都還沒看過……」

母親一隻手肘撐在桌上，手輕抵著額頭，輕嘆一聲。

「妳和田舅舅說那是個好地方，我覺得不妨就這樣閉著眼睛搬過去。」

母親如此說道，抬起臉來，莞爾一笑。面容略顯憔悴，但一樣很美。

「說得也是。」

母親對和田舅舅的這份信賴，美得令我折服，我應聲附和起來。

「那麼，我也閉著眼睛搬過去吧。」

我們兩人朗聲大笑，只是笑完後，心中略感落寞。

之後每天都有工人來家中打包搬家的行李。和田舅舅也前來安排，把能賣的物品都賣了。我和女傭阿君兩人，一會兒整理衣物，一會兒在庭院焚燒不值錢的東西，忙得不可開交，母親則是完全不幫忙整理，也不下達指示，每天都窩在房裡磨蹭度日。

「妳怎麼了？不想去伊豆嗎？」

我拿定主意，以略帶嚴厲的口吻詢問。但她只是以恍惚的神情回了我一句「不是」。

過了十天左右，一切已整理妥當。傍晚時分，我和阿君兩人在庭院焚燒紙屑和稻草時，母親從房裡走出，站在外廊默默望著我們燃起的篝火。灰濛的冷冽西風拂來，黑煙在地上爬行，我驀然抬頭望見母親的臉，發現她的臉色從沒來這麼難看過，大為驚訝。

「媽！妳臉色好難看。」

我如此大叫，母親只是淺淺一笑。

「我沒事。」

她說道，又悄悄回到房裡。

那天晚上，由於棉被已打包完畢，阿君就睡二樓歐式房間的沙發，我和母親睡在母親房間，向鄰居借來一床棉被，兩人湊合著睡。

母親以蒼老虛弱得令人驚訝的聲音，說出驚人之語。

「和子，因為有妳陪在我身邊，我才肯去伊豆。一切都是因為有妳在。」

我心頭一震，脫口問道：

「要是我不在了呢？」

母親突然哭了起來，斷斷續續說道：

「那還不如死了算了。妳爹就是死在這個家，我也想死在這裡。」

她哭得愈來愈傷心。

母親過去從未在我面前說過喪氣話，也從沒當著我的面哭得這麼傷心。父親過世時、我出嫁時、我懷了寶寶，回到母親身邊同住時、寶寶在醫院一出生就沒了氣息時、我因遭受打擊而臥病在床時，以及直治幹壞事時，母親都絕不會在人前展現如此柔弱的姿態。父親離開人世後這十年間，母親還是和父親在世時沒多大改變，仍是那般溫柔、一派悠閒。而我們也就這樣驕縱起來，在她的寵愛下成長。但如今母親已阮囊羞澀。為了我們，為了我和直治，花錢毫不手軟。最終甚至得搬離這居住多年的老家，就我們母女倆，在伊豆的小山莊展開落寞的生活。倘若母親是個小氣又壞心眼的人，動不動就責罵我們，還會偷藏私房錢，那麼，不管這世道怎麼改變，應該都不會有這種尋死的念頭。唉，手頭沒錢，是多麼可怕、可悲，又無法解脫的地獄啊。我有生以來第一次意識到這件事，心中無限感慨，因太過悲苦，想哭也流不出淚來，所謂「人生的嚴酷」，指的就是這種時候的感慨嗎？在這動彈不得的情緒下，我仰身躺下，像石頭般靜止不動。

隔天，母親還是一樣氣色不佳，動作拖拖拉拉，一副仍想在屋子裡久待的模樣，後來和田舅舅到來，向母親吩咐道「行李幾乎都已寄出了，今天就啟程前往伊豆」，母親這才百般不情願地穿上大衣，對著向她道別的阿君以及進進出出的人們默默點頭致意後，跟著舅舅和我三人一同步出西片町的老家。

火車裡空空蕩蕩，三人都有位子坐。在火車上，舅舅心情絕佳，低聲哼著小曲，母親則是臉色難看，低著頭，一副渾身發冷的模樣。在三島換乘駿豆鐵路後，來到伊豆長岡站下車，接著改搭公車，歷經十五分鐘車程，下車後往山上走，登上一條緩坡後，眼前是個小村落，在村落外郊，立著一棟造型頗為講究的中國風山莊。

「媽，這地方比想像中來得好呢。」

我興奮說道。

「是啊。」

母親站在山莊的玄關前，一時間露出開心的眼神。

「首先，這裡空氣好。空氣相當乾淨。」

舅舅一臉得意地說道。

「的確。」母親面露微笑應聲。「清甜。這裡的空氣清甜。」

接著我們三人都笑了。

走進玄關一看，東京寄來的行李已經送達，玄關和房間堆滿了行李。

「還有，客廳望出去的景致很棒。」

舅舅相當開心，拉我們到客廳，要我們坐下。

當時約下午三點，冬陽輕柔地照向庭院的草地，從草地一路延伸的石階盡頭處，有一座小池塘，種有許多梅樹，庭院下方是一大片橘子田，再來是一條道路，對面是水田，再過去是一片松林，松林後方可以望見大海。像這樣坐在客廳裡，大海的水平線看起來正好與我的前胸差不多高度。

「好柔美的景致啊。」

母親慵懶說著。

「不曉得是不是空氣的緣故，感覺陽光和東京完全不同，光線就像用絲綢濾過一樣。」

我也興奮地回應。

屋內各有一間十張榻榻米大和六張榻榻米大的和室房，以及中國式的客廳、三張榻榻米大的玄關，浴室也有三張榻榻米大，此外還有餐廳、廚房，二樓有間附上大床的歐式客房，有這麼多間房供我們母女倆住，不，就算日後直治歸來，三人同住，這樣的空間也絕不嫌擠。

舅舅前往村子裡唯一一家旅館，接洽用餐的事，很快便送來了便當。他將便當擺放在客廳裡，喝著自己帶來的威士忌，談起他和這座山莊的前任屋主河田子爵昔日同遊中國鬧出的糗聞，氣氛相當熱絡，但母親只吃了幾口便當就沒再動筷，不久，四周天色漸暗。

「請容我在此小睡片刻。」

她小聲說道。

我從行李中搬出棉被，讓母親躺下休息，但我實在放心不下，於是從行李中找出體溫計，幫她量體溫，竟然高達三十九度。

舅舅也很吃驚，急忙到坡下的村子找醫生。

「媽！」

儘管我出聲叫喚，母親還是一樣迷迷糊糊。

我緊握母親的小手，啜泣起來。母親實在太可憐了，不，我們倆著實可憐，我的淚水潰堤，怎麼也停不下來。我一面哭，一面想和母親就這麼死去算了。我們已經什麼都不需要。我們的人生，在離開西片町的老家時，就已然結束。

約莫兩個鐘頭後，舅舅帶著村裡的醫生前來。村裡的醫生似乎年事已高，穿著一件仙台製的裙褲，腳下套著白色分趾鞋襪。

診療結束，醫生很不可靠地說了一句：

「可能得了肺炎。不過，就算是肺炎也不用擔心。」

醫生幫母親打完針便回去了。

到了隔天，母親還是高燒不退。和田舅舅給了我兩千圓，吩咐下來，萬一非住院不可，就打電報到東京。當天他就回東京了。

我從行李中取出基本生活所需的烹調用具，煮了稀飯喚母親吃。母親躺著吃了三匙，便搖頭不肯再吃。

中午前，村裡的醫生再度前來。這次他沒穿裙褲，但還是套著白色的分趾鞋襪。

「是不是該住院比較好……」

我向醫生詢問。

「不，沒那個必要。今天我會幫她打一劑強效針，應該就會退燒了。」

他一樣給了個不太可靠的回應，打了所謂的強效針後，便告辭離去。

不過，可能是那劑強效針奏效，當天一過中午，母親的臉色紅潤起來，還冒了不少汗，母親換睡衣時，微笑說著：

「也許他是位名醫呢。」

母親已退燒至三十七度。我很開心，跑了一趟村裡唯一的旅館，請老闆娘分我十顆雞蛋，我馬上煮成半熟蛋給母親吃。母親一口氣就吃了三顆，之後又吃了半碗稀飯。

隔天，那位村裡的名醫又套著白色分趾鞋襪前來，我為昨天他幫母親打強效針的事道謝，他用力點著頭，一副「當然有效」的神情，而後對著我說道：

「老夫人現已藥到病除。所以接下來要吃什麼、做什麼，都悉聽尊便。」

由於他說話的口吻很古怪，我費了好大一番勁才忍住不笑。

我送醫生到門口後，回客廳一看，母親已自行坐起身。

「真是位名醫，我已經沒病了。」

母親流露愉快的神情，一臉陶醉喃喃自語道。

「媽，我把紙門打開吧。外頭下雪了。」

花瓣一樣大的雪花，飄然而降。我打開紙門，和母親並肩而坐，隔著玻璃門欣賞伊豆的雪景。

「我已經沒病了。」

母親又喃喃地說著。

「像這樣坐在這裡，感覺以前的種種就像是夢一場。其實我直到搬家的那一刻，都還是很排斥搬來伊豆。我想永遠待在西片町的老家，哪怕是多住一天、半天也好。坐上火車時，我覺得自己和死了沒兩樣，抵達這裡之後，起初還有點開心，但天色轉暗後便思念起東京，心中苦悶極了，意識逐漸遠去。這不是普通的病。是老天一度殺死了我，讓我成為一個和昨天完全不同的我，重獲新生。」

一直到今天，我們母女倆相依為命在山莊生活，就這樣平安無事延續至今，日子過得很安穩。村裡的人們也對我們相當親切。我們在去年十二月搬來這裡，之後過了一月、二月、三月，到了四月的今天，除了準備三餐之外，大部分時間都在外廊織毛線，或是在中式房間看書、喝茶，過著幾乎遠離塵囂的生活。二月梅花綻放，整個村落盡掩在梅花中。儘管已屆三月，依舊以平靜無風的日子居多，盛開的梅花也絲毫未顯衰退之象，直到三月底仍舊美不勝收。不論是清晨、中午、黃昏，還是夜晚，梅花都美得令人讚嘆。只要打開外廊的玻璃門，隨時都有花香飄進房內。三月底時，每到向晚時分一定會起風，黃昏我在餐廳擺好碗，便有梅花花瓣從窗口吹進屋內落入碗中，點點濡溼。進入四月，我和母親坐在外廊上織毛線，兩人談論的話題往往是種田的計畫。母親說她也想幫忙。啊，試著像這樣寫成文字後，連我也覺得自己像母親之前說的那樣，死過一次後，變成另一個完全不同的自己，重獲新生，只是，凡人終究還是無法像耶穌那樣死後又復活吧。儘管母親那樣說了，但終究在喝了一口湯之後想起直治，輕輕驚呼。而我過去曾受的傷，其實也完全沒痊癒。

唉，真想毫無隱瞞、清清楚楚地寫下一切。有時我甚至在心中暗忖，這座山莊的安穩生活不過是虛假的表面。即使這是老天賞我們這對母女的短暫休息時光，我依舊深深覺得，某個不祥的暗影正悄悄靠近眼前這祥和的生活。儘管母親佯裝出幸福的模樣，卻仍日漸衰弱，而我體內棲宿著一隻蝮蛇，不惜將母親當作犧牲品來養胖自己，不管再怎麼壓抑，牠還是日漸茁壯。啊，如果只是因為季節的緣故就好了，最近我覺得這樣的生活實在難以忍受。之所以會做出燒蛇蛋這般粗鄙的行徑，肯定也是我那煩躁思緒的一種展現。而這只會加深母親的悲傷，讓她變得更加衰弱。

寫下「愛情」這兩個字後，我就再也寫不下去了。

二

燒蛇蛋事件之後，過了十天左右，又接連發生不祥之事，加深了母親的悲傷，縮減她的壽命。

我引發了火災。

我從小到大，做夢也沒想過，這一生中竟然會做出引發火災這麼可怕的事。

倘若對火燭一大意，就會引發火災，我連這麼理所當然的事都沒注意到，難不成我就是世人口中稱的「千金大小姐」嗎？

我半夜起床上廁所，來到玄關的屏風旁時，見浴室光線明亮。我不經意往裡頭窺望，發現浴室的玻璃門一片鮮紅，傳來啪嚓啪嚓的聲響。我快步上前，打開浴室門，赤腳來到屋外，眼前浴室爐灶旁堆疊如山的木柴，燃起了熊熊烈火。

我衝向緊鄰山莊庭院的下方農家，使勁敲門喊道：

「中井先生！請快點起床，失火了！」

中井先生似乎已經入睡，但還是應聲：

「好，我這就過去。」

我一再對他說「拜託您，拜託您快點」，他直接一身當睡衣穿的浴衣，從家中衝了出來。

我們兩人衝回起火點旁，以水桶撈池塘裡的水潑灑，這時，客廳的走廊處傳來母親「啊」一聲尖叫。我拋下水桶，從庭院衝上走廊。

「媽，妳別擔心。沒事的，妳好好歇息吧。」

我一把抱住幾欲昏倒的母親，帶她回到被窩，扶她躺下，接著又衝回起火處，這次改為撈取浴室裡的水，遞給中井先生，中井先生拿它潑向木柴堆，然而火勢猛烈，光這點水似乎無法撲滅。

「失火了！失火了！別墅失火了！」

下方傳來陣陣叫喊，馬上有四、五位村民拆毀樹籬，衝了進來。接著，他們用接力的方式，用水桶運來樹籬下方的消防用水，才兩三分鐘便撲滅了火勢。差點就要延燒到浴室屋頂。

太好了——正當我暗自慶幸時，瞬即知曉了失火的原因，心頭一驚。這才發現，造成這場火災風波的原因，是我傍晚時從浴室爐灶裡取出燒剩的木柴，以為已弄熄木柴上的火星，便擺在那堆木柴旁，而引發了火災。明白原因後，我難過得想哭，呆立原地，這時聽到前面西山家的媳婦在樹籬外扯開嗓門說「浴室被燒個精光，是爐灶用火不慎引起的」。

村長藤田先生、二宮巡警、警防團長大內先生等人前來，藤田先生一樣是平時那副和善的笑臉，向我問道：

「妳受驚了吧，是怎麼回事呢？」

「都是我不好，我以為木柴已經熄了……」

話說到一半，覺得自己實在可悲，淚水奪眶而出，低著頭沉默不語。當時我心想，或許會被警方帶走，當成罪犯。剎時對自己打赤腳、身穿睡衣的狼狽模樣，感到羞愧難當，深深感受到自身處境有多落魄。

「我明白了。令堂呢？」

藤田先生以關懷的口吻平靜問道。

「我讓她在客廳裡休息。她受到很大的驚嚇……」

「但話說回來……」

年輕的二宮巡警也語帶安慰：

「家裡沒失火，真是不幸中的大幸。」

這時，下方農家的中井先生已換好服裝再度走來。

「這沒什麼，只是木柴稍微燒起來而已。連小火災都算不上。」

他氣喘吁吁說道，掩飾我那愚蠢的過失。

「是嗎，那我明白了。」

村長藤田先生點了點頭，接著悄聲和二宮巡警討論。

「我們就回去了，請代為向令堂問聲好。」

他如此說道，便和警防團長大內先生及其他人員一起離去。

只有二宮巡警留下，他走到我面前，以幾乎只聽得到呼吸聲的低沉嗓音說道：

「那麼，今晚的事我就不往上呈報了。」

二宮巡警離去後，下方農家的中井先生一臉擔心，緊張地問：

「二宮先生說了什麼？」

「他說不會往上呈報。」

我回答後，還在樹籬旁的鄰居們似乎聽到了我的答覆，紛紛說道「這樣啊，太好了」，陸續離去。

中井先生也對我說了一聲「晚安」後離開，只剩我一人茫然站在燒焦的成堆木柴旁，眼中噙著淚水，仰望天空，這才發現已近黎明時分。

我在浴室洗臉，清洗手腳，總覺得要和母親見面有些畏怯，因而在三張榻榻米大的浴室裡梳頭，一再磨蹭，之後又前往廚房，明明在天明之前沒什麼事，卻一直忙著整理廚房的餐具。

待天亮後，我躡腳走向客廳查看，只見母親已換好服裝，一臉倦容坐在中式房間的椅子上。她看到我，嫣然一笑，但臉色蒼白得令人吃驚。

我沒笑，不發一語站在母親的椅子後方。

半晌過後，母親開了口：

「這也沒什麼嘛，木柴本來就是用來燒的。」

我倏地愉快起來，呵呵輕笑。我想起聖經裡有句格言是這麼說的「一句話說得合宜，就如金蘋果在銀網子裡」，能有一位這麼溫柔的母親，我真是幸福，我由衷感謝神明。昨晚的事過去就算了。用不著繼續為此悶悶不樂。我在心裡告訴自己，隔著中式房間的玻璃門遠望伊豆清晨的大海，在母親身後佇立良久，最後，母親那平靜的呼吸頻率，竟然與我的呼吸趨為一致。

草草吃完早餐後，我著手整理燒焦的木柴堆，這時，村裡唯一一家旅館的老闆娘阿咲姊從庭院的柴門快步跑來問道：

「這是怎麼了？發生什麼事了？我剛剛才聽說，昨晚到底是怎麼了？」

她眼中閃著淚光。

「抱歉。」

我悄聲向她道歉。

「用不著向我道歉。對了，小姐，警察怎麼說？」

「他說沒關係。」

「太好了。」

她露出由衷開心的神情。

我與阿咲姊商量，應該用什麼方式向村民們道謝和致歉才好。阿咲姊說，還是饋贈金錢較好，並告訴我應該帶錢去哪些人家道歉。

「不過小姐，若是妳排斥自己一個人一一拜訪的話，我可以陪妳一起去喔。」

「自己一個人去比較好吧？」

「妳可以自己一個人嗎？如果可以，自己一個人去當然比較好。」

「那我就自己去。」

接著阿咲姊幫我整理失火的現場。

整理完畢後，我向母親拿了錢，以美濃和紙將一張百圓紙鈔包好，一次準備好幾份，然後在每張紙上寫下「請見諒」三個字。

我最先去了村公所。村長藤田先生正好不在，我向代他受理的女兒遞出紙包，並賠罪：

「昨晚做出很對不起大家的錯事。我今後會特別小心，尚請見諒。再麻煩您代為向村長問候一聲。」

接著我前往警防團長大內先生的家，大內先生親自到玄關應門，一見到我，他不發一語，略顯悲戚地微微一笑，不知為何，我忽然覺得想哭。

「昨晚真的很抱歉。」

我好不容易才擠出這句話來，便匆匆告辭，一路上淚水撲簌而下，臉上的妝全毀了，於是先回家一趟，在洗手間洗了把臉，重新上妝，在玄關穿上鞋，準備再次出門時，母親正好走出。

「妳還要出門啊？」

「嗯，接下來才正要忙呢。」

我沒抬頭，如此回應。

「辛苦妳了。」

母親深有所感地說道。

從母親的關愛中得到力量，這次我完全沒哭，拜訪完每戶人家。

到區長家時，區長不在家，他的媳婦前來應門，她一看到我，反而先眼中噙淚。在巡警那裡，二宮巡警直對我說「沒事就好、沒事就好」，大家都是良善的好人。接著我又到附近的人家拜訪，每個人都對我寄予同情，好言安慰。然而，說到之前那位西山家的媳婦，她已是年約四十的大嬸，只有她狠狠訓了我一頓。

「請妳今後要小心一點。雖然不清楚妳是什麼皇親國戚，但妳那像在玩家家酒的生活方式，我老早就注意到了，看得我一顆心七上八下的。妳們就像兩個小孩在過日子似的，我甚至覺得，之前沒引發火災可真是奇蹟。拜託妳，今後真的得多當心啊。昨晚要是風勢再強一點，可就整個村子都落入火海了。」

之前下方農家的中井先生衝到村長和二宮巡警面前，說這場火連小火災都算不上，替我掩飾，但這位西山家的媳婦卻在樹籬外大聲嚷嚷，說浴室全都燒光了，是爐灶用火不慎引起的。不過，我也覺得西山家媳婦的這番抱怨的確屬實。說得沒錯。我一點都不埋怨她。母親雖開玩笑說「木柴本來就是用來燒的」，以此安慰我，但當時要是風勢再強一點，也許真會如同西山家的媳婦所說，整個村莊皆陷入火海之中。真是那樣的話，我就算以死謝罪也沒用。我要是死了，母親一定也活不成，何況還會令父親的名字蒙羞。雖說我們已算不上什麼皇族或華族了，但既然終將走上絕路，我寧可壯烈地步上絕途。若是因不慎引發火災以死謝罪，如此悲慘的死法，無論如何，我都死不瞑目。總之，我得更加振作才行。

隔天起，我全力投入種田的農事中。下方農家中井家的女兒不時會來幫忙。自從鬧出引發火災的糗事後，我感覺體內的血彷彿變成了紅黑色，之前我體內住著一隻壞心腸的蝮蛇，如今連血的顏色都起了變化，我感覺自己逐漸變成了粗野的村姑，儘管和母親同坐在外廊織毛線，總覺得備受拘束，快要喘不過氣來，反而下到田裡翻土還比較輕鬆自在。

這就是所謂的體力勞動嗎？對我來說，做這類粗活已不是第一次了。戰時我曾經被徵調，連夯地的粗活都做過。如今穿著下田的分趾膠底鞋，也是當時軍中配給的。那正是我有生以來第一次穿分趾膠底鞋，不意穿起來出奇的舒服，我穿著它在庭院散步，彷彿明瞭了鳥獸赤腳走在地面的輕鬆感，心中歡欣雀躍。戰時的快樂記憶，僅此一件。如今回想，戰爭真的無趣至極。

去年，沒新鮮事。

前年，沒新鮮事。

大前年，同樣沒新鮮事。

這有趣的新詩，戰後刊登在某份報紙上，的確，如今回想，似乎發生了許多事，又像沒什麼新鮮事。關於戰爭的回憶，我既不想談，也不想聽。明明有那麼多人喪命，卻還是如此平淡無奇且無趣。但也可能是因為我這人自私任性的緣故。只有我被徵調、穿上分趾膠底鞋被迫從事夯地粗活的那件事，我才不覺得平淡無奇。雖然當時百般不願，但正是拜夯地粗活之賜，身體才會這麼健康，我至今仍不時心想，日後要是生活過不下去，乾脆就從事夯地的粗活吧。

戰況愈來愈不樂觀時，一名穿軍服的男子來到我位於西片町的老家，遞給我徵調令和寫有工作日程表的一張紙。我看了日程表，上頭寫著從隔天起，我每隔一天就得到立川的深山上工，我忍不住流下淚來。

「不能找人代替我嗎？」

我管不住淚水，轉為啜泣。

「軍方是對妳下了徵調令，非妳本人去不可。」

男子強硬應道。

我決定前往。

隔天下雨，我們在立川的山腳下列隊，先接受軍官訓話。

「我們這場戰爭必勝。」

開頭就是這麼一句。

「雖然戰爭必勝，但各位若不照軍方的命令行事，將會妨礙作戰，落得像沖繩一樣的結果。我們吩咐的工作，希望各位務必照做。還有，間諜或許已混進這座山中，彼此要多加注意。各位今後要和軍隊一樣，進入陣地內工作，各位要特別留心，絕不能洩露陣地裡的情況。」

山中煙雨迷濛，男女合起來將近五百名隊員，在雨中淋成落湯雞，站著聽訓。隊員當中也有幾名國民學校的男女學生，似乎都覺得冷，每個都一副泫然欲泣的臉。雨水穿過我的雨衣，滲進外衣裡，不久，連內衣都溼透了。

那天我整天都在挑擔，在回程的電車裡，我淚如泉湧，管不住自己。第二次則是從事夯地的拉繩工作，我覺得這是最有趣的工作。

去山中兩、三次後，國民學校的男學生們開始緊盯著我瞧，感覺很不舒服。某天我在挑擔時，兩、三名男學生與我擦身而過，其中一人小聲說道：

「那傢伙是間諜嗎？」

我聽了之後，嚇了一跳。

「為什麼他會說那種話？」

我向一名挑擔與我並肩而行的年輕女孩詢問。

「因為妳看起來像外國人。」

年輕女孩很認真地回答。

「妳也認為我是間諜嗎？」

「不會。」

這次她笑著回答。

「我是不折不扣的日本人。」

我如此說道，這句話連我自己聽了都覺得既愚蠢又荒謬，不禁一個人笑了起來。

在某個天氣晴朗的日子，一早我便和男人們一起搬運原木，一名負責監視的年輕軍官皺起眉頭指著我說道：

「喂，妳，妳過來。」

我快步走向松林，因為不安和害怕而心跳加速，跟在軍官後頭走。剛從鋸木廠送來林中的木板堆疊在此處，那名軍官來到木板前停下，轉身面向我。

「每天都做粗活，很辛苦吧。妳今天就在這裡看守木材吧。」

他咧嘴而笑，露出一口皓齒。

「就站在這裡嗎？」

「這裡涼爽又安靜，妳不妨在這木板堆上午睡。如果覺得無聊，可以讀這個，不過妳可能讀過了。」

語畢，他從外衣口袋取出一本小小的文庫本，靦覥地拋向木板上。

「不是什麼了不起的書，但妳就姑且看看。」

文庫本封面寫著「三套車*」。

我拿起那本文庫本，對他說道：

「謝謝。我家中也有人喜歡看書，只不過他現在到南方去了。」

他似乎誤解了我的話，搖著頭，深有所感說道：

「哦，這樣啊。是妳丈夫對吧。去南方很辛苦呢。總之，妳今天就負責在這裡看守，妳的便當待會兒我會拿過來，妳就在這裡好好休息吧。」

他說完這句話後便快步離去。

我坐在木板堆上讀起了文庫本，讀到一半時那名軍官走來，腳下的皮鞋

*俄語為Тройка，出處為一首俄羅斯民歌。

發出叩叩叩的聲響。

「我幫妳把便當拿來了，妳自己一個人在這兒很無聊吧。」

說完後，他將便當擱在草地上，又匆忙轉身離去。

吃完便當後，這次我改為爬到木材上，躺下來讀書，全部讀完之後，我打著盹，睡起了午覺。

等我醒來，已經過了下午三點。忽然間覺得之前好像在哪兒見過那名年輕軍官，在腦海中搜尋，卻怎麼也想不起來。我從木材上爬下來，伸手梳理頭髮，這時又傳來叩叩叩的皮鞋聲。

「嗨，今天辛苦妳了。可以回去了。」

我跑向那名軍官身旁，遞出那本文庫本，想向他道謝，卻說不出話來，就這樣默默抬起頭望著他。當兩人四目交接時，我的眼淚滾滾而下，那名軍官眼中也閃著淚光。

我們默默道別，那名年輕軍官再也沒在我工作的地方露面，而我也只有那次打混了一整天，之後我一樣每隔一天就到立川的深山裡做苦工。母親很擔心我身子吃不消，但我反而變得更健壯，現在甚至有自信能從事夯地的粗重工作，投入田家農事也絲毫不覺得苦。

雖然前面提到關於戰爭的事，我既不想談也不想聽，但還是不由得侃侃說著自己「寶貴的經驗談」，但是在我的戰爭回憶中，會稍微想談到的也只有這件事了，其餘的就像那首新詩所寫的，教人直想說：

去年，沒新鮮事。

前年，沒新鮮事。

大前年，同樣沒新鮮事。

就是如此愚不可及，我身上留下的，也僅只這雙分趾膠底鞋，這是何等的虛無。

從分趾膠底鞋的事不小心扯出這些廢話，一時偏題了，話說，我穿上這堪稱戰爭唯一紀念品的分趾膠底鞋，每天到田裡幹活，排遣暗藏心中的不安和焦躁，然而母親最近卻是一天比一天虛弱。

蛇蛋。

火災。

從那時起，母親顯現出十足的病人樣，相反地，我卻逐漸感覺自己變成了粗野低俗的女人。我不禁覺得，彷彿是我不斷吸取母親的精氣，得以日漸茁壯。

發生那場火災時也是，母親開玩笑說木柴本來就是用來燒的，非但對火災一事未曾責難，還反過來安慰我，但母親心中所受的打擊肯定勝過我十倍。自從發生那起火災後，母親有時會在半夜呻吟，在風強的夜裡假裝如廁，其實是深夜溜出被窩，在家中四處巡視。她總是氣色不好，有些日子似乎連走路都很吃力。前不久她說想幫忙田裡的工作，我明明勸過她不必這麼做，她卻用大水桶從井裡提了五、六桶水來。隔天，她說肩膀痠痛，痛得幾乎難以呼吸，在床上躺了一整天。自從發生這事之後，她便對田裡的農活澈底死心，就算偶爾來田裡，也只是靜靜在一旁看我幹活。

「有人說，喜歡夏天花朵的人，會在夏天過世，不知道是不是真的。」

今天，母親同樣靜靜看著我在田裡忙，突然說了這話。我不發一語朝茄子澆水。經她一提才想到，已經來到了初夏時節。

「我喜歡合歡花，但這座庭院裡連一株合歡樹也沒有。」

母親又緩緩說道。

「這裡不是有很多夾竹桃嗎？」

我刻意以冷淡的口吻回覆。

「我討厭夾竹桃。夏天開的花啊，我大多喜歡，但夾竹桃看起來太輕浮了。」

「我倒覺得玫瑰不錯。不過，玫瑰一年四季都開花，所以喜歡玫瑰的人，不就春天也死、夏天也死、秋天也死、冬天也死，一年得死四次嗎？」

我們兩人都笑了。

「妳要不要休息一會兒？」

母親臉上笑意未歇。

「今天有件事想和妳商量。」

「什麼事？如果要講死，恕不奉陪。」

我跟在母親身後，一同坐在紫藤花架下的長椅上。紫藤花已謝，和煦的午後陽光穿過樹葉，照向膝上，把我們的膝蓋都染綠了。

「我之前就想對妳說了，但總想等我們彼此心情都好的時機再說，才拖到了今天。這不是件好開口的事，但今天我覺得自己可以好好暢談，請妳也耐住性子聽我把話說完。其實，直治還活著。」

我身子為之一僵。

「五、六天前，妳和田舅舅捎來一封信。妳舅舅有位曾在公司裡任職的下屬，最近從南方歸來並前去向妳舅舅問候。天南地北閒聊一番後得知，他碰巧與直治同部隊，直治平安無事，應該很快就能歸來。只是有件麻煩事。據對方說，直治染上抽鴉片的惡習，毒癮很大……」

「又來了！」

我就像吃了苦澀之物般嘴角發顫。直治當初就讀高等學校時，曾學某位小說家染上毒癮，還欠了藥店一大筆債，母親花了整整兩年才還清債務。

「沒錯，他似乎又重蹈覆轍了。但那人也說，毒癮沒戒，就無法還鄉，所以他一定會戒完毒才還鄉。妳舅舅在信上還寫到，就算他戒毒歸來，像他這麼教人操心的孩子，一時間也不容易馬上替他找到工作。現下要在時局如此混亂的東京工作，連正常人都變得有點失常，更何況是他這種剛戒完毒癮的半生病狀態，肯定馬上發瘋，也不曉得會惹出什麼麻煩事來。所以直治歸來之後，最好盡快將他接來伊豆，哪兒都別讓他去，姑且讓他先待著靜養，這是其一。其二，妳舅舅吩咐了一件事。聽妳舅舅說，我們的積蓄已經耗光了。因為有存款封鎖*、財產稅之類的問題，妳舅舅要像之前那樣送錢給我們，變得相當麻煩。等直治回來之後，媽媽、直治，還有妳，我們三人如果還是一樣悠哉度日，妳舅舅要為我們張羅生活費，勢必很辛苦，因此看是趁現在幫妳找結婚對象，還是送妳到某戶人家工作，得做個選擇。妳舅舅是這樣吩咐的。」

「到某戶人家工作，是當女傭嗎？」

「不，妳舅舅指的是，家住駒場的那位……」

母親說出某位皇族的名字。

「妳舅舅說，如果是那位皇族，和我們有血緣關係，妳去那裡服侍他們，順便兼任小姐的家庭教師，應該不會感到落寞、拘束才對。」

「沒有其他工作了嗎？」

「妳舅舅說，和子一定無法勝任其他的工作。」

「為什麼不行？媽，妳說啊，為什麼？」

*日本於一九四六年頒布的金融緊縮措施，對存款進行封鎖，只容許在一定範圍內提領現金。

母親只是面露落寞地微笑，沒答話。

「那種工作，我才不要去呢！」

我心知說了不該說的話，但就是停不下來。

「虧我還穿著這種分趾膠底鞋，穿這種分趾膠底鞋……」

此話一出，淚水頓時奪眶而出，我不禁號啕痛哭。我抬起臉，以手背拭淚，面向母親，儘管心想「不能說、不能說」，話語卻還是無意識地接連從口中冒出，完全不受身體控制。

「妳以前不是說過嗎？因為有和子在，才肯來伊豆。還說要是沒有我，不如死了算了。正因為這樣，我才哪兒都沒去，一直陪在妳身邊，還穿上分趾膠底鞋，想讓妳吃到可口的蔬菜。我心裡想的全是這些事，可妳一聽到直治要回來，就嫌我礙事，要我去皇族家當女傭，實在是太狠心，太狠心了。」

我也知道自己講得太過火了，但話語就像另一種生物般，不斷跑出來，怎麼也停不住。

「要是真變窮了，沒錢可花用，拿我們的和服去變賣不就行了？乾脆連這棟房子也賣掉算了。我什麼都能做。不管是村公所的女辦事員，還是任何工作，我都願意。要是村公所不願意雇用我，我也能做夯地的粗活。貧窮根本不算什麼。只要媽媽繼續疼愛我，我願意一輩子都陪在妳身邊，但媽媽疼愛的人不是我，是直治。那我就搬出去，我走總行吧。反正我從以前就和直治八字不合，三人一起同住，對彼此來說都是災難。長期以來，就我們母女倆相依為命，如今我也沒有遺憾了。今後就由直治陪伴媽媽，你們和樂融融地過日子吧，讓直治好好孝敬妳。我已經受夠了。過去這樣的生活，我也過膩了。我要搬出去。我這就走。天下之大，總有地方可去。」

我站起身。

「和子！」

母親厲聲喚道，接著以充滿威儀、從未在我面前展現的神情霍然站起，與我正面相對，看起來甚至顯得比我還高。

我很想立刻向母親道歉，但就是說不出口，反而冒出其他話語。

「妳騙了我。媽，妳一直在騙我。在直治回來之前，妳一直在利用我。我是妳的女傭。利用完之後，改叫我去侍候皇族。」

我又「哇」一聲，就這樣站著大哭起來。

「妳可真是傻孩子。」

母親低聲說道，聲音因憤怒而發顫。

我抬起臉，再度說出不該說的傻話：

「沒錯，我就是傻。正因為傻，才會受騙。正因為傻，所以礙事。我消失了，妳才高興吧？什麼是貧窮？什麼是有錢？我搞不懂。我過去的人生，就只相信母親的愛。」

母親突然把臉別向一旁。她哭了。我很想對母親說對不起，上前抱住她，但我在意自己因農活而弄髒的雙手，於是佯裝不見撂下一句：

「只要我不在，妳就滿意了吧？我這就走，我也有地方可去。」

我快步奔向浴室，抽抽噎噎地清洗臉部和手腳，接著前往房間換上洋裝，這時我又號啕痛哭，哭得不能自已。我想盡情大哭，便跑上二樓的歐式房間，整個人撲向床鋪，以毛毯罩頭，哭得像要瘦了一圈似的，感覺意識逐漸遠去。這時，我突然思念起某人，想看到他的臉，想聽他的聲音，就像有灼熱的艾灸抵向雙腳腳掌，卻一直壓抑強忍著一樣，逐漸湧起這般奇特的心情。

向晚時分，母親靜靜走進二樓的歐式房間，打開電燈，走近床邊。

「和子。」

她無比溫柔地叫喚我。

「什麼事？」

我起身坐在床上，雙手撥起頭髮，望著母親的臉，呵呵輕笑。

母親也微微一笑，坐向窗下的沙發，整個人深深陷入沙發中。

「我有生以來，第一次沒聽從妳和田舅舅的囑咐。……媽媽剛才回信給妳舅舅了。在信裡寫道，我孩子們的事，請交由我來處理。和子，把和服賣了吧。一件件把我們兩人的和服賣掉，盡情地揮霍，過奢華的生活吧，我已經不想再讓妳下田工作了。就算花錢買昂貴的蔬菜，又有什麼關係。像那樣每天下田，妳吃不消的。」

其實每天在田裡勞動，我也開始感到有點吃力。剛才那樣瘋狂的哭鬧，正是農活伴隨而來的疲勞與悲傷攪和在一起，而對一切感到憎恨和厭惡。

我坐在床上，低頭沉默不語。

「和子。」

「什麼事？」

「妳說妳有地方可去，是指什麼地方？」

我意識到自己從臉頰一路紅到脖子。

「是細田先生嗎？」

我沒作聲。

母親深深嘆了口氣。

「我可以說說以前的事嗎？」

「請說。」

我小聲地應道。

「當初妳離開山木先生家，回到西片町的老家時，媽媽自認沒責怪過妳半句，但我說了一句『妳背叛了媽媽』，還記得嗎？沒想到妳當場哭了起來……我也認為自己竟用了『背叛』那麼重的字眼，很對不起妳……」

然而，我對於當時母親那樣說，卻覺得很感激，還因此喜極而泣。

「媽媽之所以說妳背叛了我，不是因為妳離開山木先生家，而是因為山木先生告訴我，妳和細田其實是情人的關係。聽他說著此事，我著實臉色大變。細田先生老早就有妻兒了，即便妳再怎麼愛慕他，也不可能修成正果……」

「說什麼情人關係，太難聽了。那只是山木先生自己瞎猜的。」

「是嗎？妳該不會還在思念那位細田先生吧。妳說有地方可去，是要去他那兒？」

「才不是去細田先生那兒。」

「是嗎？不然是去哪兒？」

「媽，我這陣子常在想，我們人類和其他動物截然不同的地方是什麼呢？語言、智慧、思考、社會秩序，雖然有程度上的差距，但動物多少也都具備吧？或許牠們也有信仰呢。我們人類雖自詡萬物之靈，和其他動物之間卻似乎並無本質上的差異。但是，媽，只有一個地方不一樣。妳應該不知道吧。這是其他生物絕對沒有，只有人才有的事物。那就是祕密。妳覺得呢？」

母親的臉上泛起了紅暈，嫣然一笑。

「啊，和子的祕密要是能開花結果就好了。媽媽每天早上都向妳爸祈求妳能幸福呢。」

我心中突然浮現一幕景象，那是我和父親一起開車在那須野兜風，途中下車時，映入眼中的秋天原野。胡枝子、瞿麥、龍膽、黃花龍芽草等秋天的花草盛開，野葡萄的果實依然青綠。

我和父親坐上了琵琶湖的汽艇，我跳進水中，棲息在水藻間的小魚碰觸我的腳，我雙腳的影子清楚映照在湖底，來回擺動。這毫無關聯的一幕倏然浮現在心頭，隨即又消失。

我滑下床，抱住母親的膝蓋，這才終於說出口：

「媽，剛才對不起。」

如今回想起來，那段時間是我們兩人幸福時光的最後餘火，隨著直治從南方歸來，我們真正的地獄從此展開。

三

這是一種無論如何都覺得再也活不下去的心慌，可能正是所謂的不安吧，痛苦的浪潮不斷打向胸口，就像下過午後雷雨的天空，白雲接連飄忽而過，行色匆匆，我的心臟時而揪緊，時而放鬆，脈搏阻滯，呼吸困難，眼前景物一片模糊昏暗，只覺全身力氣快速從指尖洩去，連要繼續織毛線都有困難。

近日陰雨綿綿，不管做什麼都覺得懶，這一天我將藤椅搬向客廳的外廊，取出今年春天織了一半就擱下的毛衣，想接著織下去。那是帶有一種暈染感的淡粉紅色毛線，我打算再加上鈷藍色毛線，織成一件毛衣。手上這淡粉紅色毛線是二十年前我念初等科*時，母親為我織圍巾用的毛線。那條圍巾有一端作成套頭，我戴上套頭照鏡子，活脫是個小妖怪，和其他同學戴的圍巾顏色也全然不同，以致當時我說什麼也不肯戴。有位來自關西的同學，

*指學習院的小學課程。學習院是皇族或華族就讀的私立學校。

父親是繳納高額稅金的富豪，以老成的口吻誇讚我「這圍巾挺不錯的嘛」，但這令我更加羞愧，後來再也沒戴過這條圍巾，就此束之高閣。今年春天，基於廢物利用的想法，我將毛衣拆了線，想替自己打件毛衣，便著手進行，但我實在不中意這般暈染的顏色，於是又拋在一旁。今天在百無聊賴的情況下突然拿出它來，慢吞吞地試著往下織。但織著織著，我發現這淡粉紅色毛線與灰濛的天空逐漸融為一體，呈現出難以言喻的柔和色調。我一直不知道，服裝穿搭在與天空顏色的協調上，竟然是這麼重要的事。協調是多麼美而出色之事，我對此略感驚訝，心下茫然。灰濛的天空與淡粉紅色的毛線組合在一起後，兩者同時變得鮮活起來，真是不可思議。手中的毛線變得柔和了，冰冷的灰濛天空，也彷如天鵝絨般柔軟。這讓我聯想到莫內那幅霧中的盧昂大教堂。透過毛線的顏色，我感覺自己第一次領略什麼是「goût」。絕佳的品味。母親很清楚這種淡淡的粉紅，與冬天飄雪的天空有多麼協調，而刻意為我挑選，我這傻瓜卻百般嫌棄，她並未強迫當時還是孩子的我非戴上不可，只是順著我的意。在我真正了解這顏色的美之前，這二十年來，母親始終沉默，沒對這樣的顏色解釋半句，反而佯若無事，靜靜等候我自己曉悟。我深深明白她是個好母親，心中卻同時湧現恐懼和擔憂的烏雲，不由得想，這麼好的母親，我和直治兩人卻不住欺負她，讓她發愁、日漸虛弱，該不會沒多久就將撒手人寰吧？腦中愈是左思右想，愈是停不下來，我對前途深感恐懼，淨往壞處想，一股再也活不下去的心慌翻湧上來，手指也頹然無力，我將棒針擺在膝上，重重嘆了口氣，抬起頭閉上眼睛。

「媽。」我不自主喚道。

母親倚在客廳角落的一張桌子旁，正在看書，她納悶地回了我一聲。

「什麼事？」

我心中一片迷惘，刻意大聲說道：

「玫瑰終於開花了。媽，妳知道嗎？我剛剛才發現呢，它終於開花了。」

客廳外廊前面的玫瑰。那是和田舅舅以前不曉得從法國還是英國這類遙遠國度帶回來的玫瑰，兩、三個月前，舅舅將它移植到這座山莊的庭院裡。今天早上終於開了一朵花，我早知道這件事，但為了掩飾難為情，刻意大呼小叫，佯裝成剛剛才發現。那是一朵深紫色的花，帶有一股凜然的傲氣和堅韌。

「我知道。」母親靜靜說道。「對妳來說，這類的事好像很重要呢。」

「也許是吧，很可憐嗎？」

「不，我只是說，妳有這樣的特質。在廚房的火柴盒上貼雷納爾*的畫，或是幫娃娃做手帕，妳喜歡做這類的事吧。還有庭院的玫瑰，聽妳說起玫瑰的樣子，就像在談論活人呢。」

「誰教我沒孩子啊。」

這句自己也意想不到的話，竟然就這樣脫口而出。說出口後，我不由一驚，尷尬地玩弄起膝蓋上織到一半的毛衣。

——畢竟都二十九歲了嘛。

*作者虛構的畫家，可能是取法國畫家雷諾瓦的相近音，或是著有法國青少年經典文學《胡蘿蔔鬚》的作家儒勒・雷納爾。

我彷彿聽見男人這麼說道，如同在電話中聽到的那樣，以教人聽了為之酥麻的男低音清晰地傳進耳中。我大感難為情，兩頰燙得猶如火燒。

母親什麼也沒說，又埋首書中。母親從前陣子戴起了紗布口罩，可能是這個緣故，最近話也明顯變少。她是聽從直治的交代才戴上了口罩。直治約莫在十天前從南方的島嶼歸來，一張臉無比黝黑。

他在夏天的傍晚時分，無預警地從後院木門走進庭院。

「哇，好慘啊。這屋子品味真差。不如乾脆在門口掛牌子，寫上『來來軒、內售燒賣』算了。」

那是直治和我打照面時，開口的第一句問候。

母親從兩、三天前起，因舌頭不舒服而躺著休息。舌頭前端看上去並無異狀，但她說只要一動就痛得難受，三餐也只能喝清粥，我問她要不要請醫生來看，她只是搖頭，苦笑著說道：

「會被笑的。」

雖然抹了盧戈氏碘液，但似乎沒半點效用，我感到莫名煩躁。

這時，直治回到家中。

直治坐向母親枕邊，說了一句「我回來了」，向她行了一禮，接著馬上起身，在狹小的屋內四處走動，東看西瞧，我跟在他身後。

「如何？媽媽感覺不一樣嗎？」

「不一樣。變得好憔悴。要是能早點死就好了。現今這樣的世道，媽媽一定活不下去。太悲慘了，我實在看不下去。」

「那我呢？」

「變粗俗了。看妳那張臉就知道，在外頭肯定有兩、三個男人。有酒嗎？我今晚要喝。」

我前往村裡唯一的旅館，向老闆娘阿咲姊說，我弟弟回來了，請分我一些酒，但阿咲姊說，真不巧，酒剛好賣完了，我回去後如實轉告直治。直治聽完後，露出我從沒見過的陌生表情說「啐，妳太不懂得交涉，才會空手而回」，他問我旅館的所在地，穿上庭院木屐，直接出門去了，等了良久都不見他回來。這段時間，我準備了直治愛吃的烤蘋果和雞蛋做成的料理，還把餐廳換了一顆新燈泡，等了好久，這時，阿咲姊從廚房後門探頭。

「小姐，沒關係嗎？他在我那裡喝燒酒呢。」

她睜著一雙鯉魚般的圓眼，煞有其事地低聲說道。

「妳說的燒酒，是甲醇嗎？」

「不，不是甲醇。」

「喝了不會生病吧？」

「不會，只不過……」

「那請讓他喝吧。」

阿咲姊吞了口唾沫，點點頭後離去。

我來到母親身邊。

「聽說他在阿咲姊那裡喝酒。」

我告訴母親後，她嘴角上揚，笑著說道：

「這樣啊。不知道鴉片戒了沒。妳去吃飯吧。今晚我們三人一起睡這房間，直治的棉被擺中間。」

我只覺得想哭。

夜色漸深，直治踩著沉重的腳步聲歸來。我們三人擠在客廳的一頂蚊帳裡共寢。

「說說你在南方的經歷給媽媽聽吧？」我躺著說道。

「沒什麼好談的。我全忘了。回到日本後，坐上火車，從火車車窗看到的水田，真是美不勝收。就這樣。把燈關了吧，不然睡不著。」

我關了燈。夏天的月光像洪水般盈滿蚊帳內。

隔天早上，直治趴在墊被上，抽著菸凝望遠方的大海。

「聽說媽舌頭痛，是嗎？」

聽他的說話口吻，彷彿這才注意到母親狀況欠佳。

母親只是面露淺笑。

「那一定是心理作用。妳晚上都是張著嘴巴睡覺吧。太難看了。戴上口罩吧。將紗布浸泡在利凡諾液*裡，再放進口罩裡就行了。」

我聽了之後，忍不住笑出聲來。

「那是什麼療法？」

「叫做美學療法。」

「可是，媽媽一定不想戴口罩。」

不光是口罩，像眼罩、眼鏡這類要戴在臉上的東西，母親應該都很討厭。

「媽，妳要戴口罩嗎？」我問。

「我戴。」

她一本正經地低聲應道，我心下一驚。看來，只要是直治說的話，不管怎樣她都深信不疑，完全照辦。

吃完早餐後，我照直治說的方式，將紗布泡進利凡諾液中，做成一副口

*一種外用殺菌防腐劑。

罩，拿到母親面前，母親不發一語接過，維持躺著的姿勢，乖乖將口罩的棉繩掛向耳朵，那模樣真像個年幼的女童，我看了悲從中來。

過午，直治說得去拜託東京的朋友，以及文學方面的老師，於是換上西裝，向母親拿了兩千圓，前往東京。他這趟出門，一去將近十天，遲遲未歸。母親每天都戴著口罩，等候直治返家。

「利凡諾這藥真不錯。我戴上口罩後，舌頭就不疼了。」

母親笑著說道，但我不禁懷疑她在說謊。她直說自己沒事了，也能起身下床，但還是一樣食欲不振，話也不多，我很替她擔心。直治不知道在東京忙些什麼，他肯定是和那位叫上原的小說家在東京四處玩樂，捲入東京的瘋狂漩渦中。我愈想愈難過，這才突然向母親提到玫瑰的事，並脫口說出「誰教我沒孩子啊」這種連自己都意想不到的胡言亂語，愈來愈失控。

「啊。」

我喊了一聲，站起身，可無處可去，也不知如何自處，只好步履虛浮地上樓，走進二樓的歐式房間。這裡之後會是直治的房間，四、五天前我和母親商量後，請下方農家的中井先生幫忙，將直治的洋衣櫥、書桌、書櫃、塞滿書本和筆記本的五、六只木箱，總之，全是直治放在西片町老家房間裡的物品，都搬過來。等直治從東京回來後，再分別將衣櫥、書櫃等安放在直治想要的位置上，目前則是暫時先雜亂地擱著。房間裡一片散亂，幾乎沒有立足之地，我不經意從腳邊的木箱中取出一本直治的筆記本，打開來看，發現筆記本的封面上寫著：

夕顏*1日記

裡頭寫滿了以下的內容，似乎是直治為毒癮所苦的那段時間所寫的手札。

活活燒死般的感受。百般痛苦，也無法喊出隻字片語的痛。自古以來未

*1 即瓠子，夏天傍晚時會開白花，隔天午前便枯萎，因而有「夕顏」的名稱。

曾有，自人世開創以來，史無前例，宛如深不見底的地獄，莫須再掩飾。思想？騙人的。主義？騙人的。理想？騙人的。秩序？騙人的。誠實？真理？率真？全是騙人的。牛島的紫藤*2號稱樹齡千年，熊野的紫藤*3號稱樹齡數百年，其花穗的長度，前者最長九尺、後者長逾五尺，唯有那花穗令我動心。

那亦是人子，享有生命。

道理終究只是對道理的愛，不是對活人的愛。

財富與女人。道理只能難為情快步離去。

歷史、哲學、教育、宗教、法律、政治、經濟、社會，比起這些學問，遠不及一名處女的微笑來得尊貴。此事經過浮士德博士勇敢認證。

學問是虛榮的別名。是人們不想當人所做的努力。

我敢對歌德立誓。要我寫得再冠冕堂皇都不成問題。通篇的結構沒半

*2 位於琦玉縣春日部的紫藤巨樹，據說是平安時代的空海親手栽種。

*3 位於靜岡縣磐田郡，據說是平安時代末期，平清盛的愛妾熊野所栽種。

點疏漏，加上適度的滑稽、深深烙印在讀者眼底的哀傷或肅穆，亦即是讓人正襟危坐面對，完美而無從挑剔的小說。若大聲朗讀，那不就和電影字幕沒兩樣了嗎，這太教人難為情了，怎麼寫得出來。再說了，這種想寫出傑作的企圖，實在太小家子氣了。讀小說時正襟危坐，這是瘋子才做的事。既然這樣，乾脆穿上整套日本傳統禮裝算了。愈好的作品，看起來愈不做作。我因為很想看到朋友發自內心的歡樂笑臉，會故意把小說寫得很糟，然後一屁股跌坐地上，伸手搔頭，落荒而逃。啊，朋友當時那一臉的開心模樣，真是妙不可言！

文章寫得不像樣，人也沒有人樣，以這般樣貌吹玩具喇叭給人聽，並在心裡祈求「這裡有個全日本第一的傻蛋，你還算正常喔，要好好保重！」，這到底是怎樣的一份愛呢？

朋友一臉得意，有感而發說道「這是那傢伙的壞毛病，實在可惜了」。他完全不知道，自己是如此受人關愛。

世上有誰不是無賴嗎？
很無趣的想法。
我渴望金錢。
如果不這麼想，
我將在安眠中自然死亡！

我欠了藥店近千圓的債務。今天我偷偷帶當鋪的掌櫃來家裡，到我房間去，對他說「如果房間裡有值錢的東西可以典當，儘管拿走，我急需用錢」，掌櫃對我的房間連看也不看一眼，冷冷回了一句「還是免了吧，這又不是你的東西」。我故意充滿豪氣回應「那好吧，既然這樣，你就拿我以前自掏腰包買的東西走吧」，但我湊來的破爛，有資格典當的，一件也沒有。

首先是單手的石膏像。這是維納斯的右手，是與大麗菊有幾分相似的單手，通體雪白的一隻手就這樣擺在臺座上。但仔細一看會發現，它呈現的是維納斯被男人看見她全身毫無遮蔽，因而驚呼一聲，滿臉羞紅，裸露的身軀立時泛起一抹淡紅，渾身發燙，無一處遺漏，她扭動身軀擺出的手勢，以及那令人為之屏息的胴體所展現的嬌羞，透過那指尖沒任何指紋，手掌沒半條掌紋，雪白的纖細右手，展現出惹人憐惜的表情，連我看了都感到呼吸困難，誰都看得出它的價值才對。但掌櫃估價後，稱是非實用性的破爛。開價五十錢。

還有巴黎近郊的大地圖、直徑將近一尺的賽璐珞陀螺，能寫出比絲線還細的字、特製的鋼筆筆尖，全都是當初如獲至寶買下之物，但掌櫃只是一笑，說要告辭了。我喚住他，最後讓掌櫃背著山一般高的書堆離去，收下他給的五圓。我書架上的書，幾乎是廉價的文庫本，而且都是從舊書店買來的，因此典當自然只值這麼點錢。

想解決千圓的債務，卻只換來五圓。我在這世上的實力僅只如此程度，實在教人笑不出來。

我頹廢？但若不這麼做，根本活不下去。比起說這種話來指責我的人，我反而還更感激那些直接叫我去死的人。直接多了。只是，一般人很少會直接叫人去死。一群器量狹小且行事謹慎的偽善者。

正義？階級鬥爭的本質並不在這種地方。人道？別開玩笑了。我很清楚。那是為了自己的幸福而打倒對手。是殺戮。如果這不是叫人「去死」的宣告，是什麼？別想再蒙混了。

不過，在我們這種階級裡，也沒什麼好東西。白痴、鬼魂、守財奴、瘋狗、吹牛大王、說話裝腔作勢者、從雲端上撒尿的人。

連賞他們一句「去死」都嫌浪費。

戰爭。日本這場戰爭是自暴自棄。

我可不想被捲進這樣的自暴自棄中，白白丟了小命。我寧願自己尋短。

人在說謊時，一定會擺出一本正經的表情。瞧最近政府高層那一臉正經的模樣。噗哧！

我想和那些**不想**受人尊敬的人們同遊。

但那樣的好人卻不肯和我同遊。

我佯裝早熟，人們便都說我早熟。我假裝成懶鬼，人們就都說我是懶鬼。我假裝不會寫小說，人們於是說我不會寫小說。我假裝是騙子，人們都稱我作騙子。我假裝是有錢人，人們就說我是有錢人。我假裝冷淡，人們便說我是個冷淡的人。但當我真的很痛苦，忍不住發出呻吟時，人們卻說我是假裝痛苦。

總感覺哪裡不對勁。

到頭來，除了自殺之外，根本別無他法。

儘管我這般痛苦，但想到還是只能以自殺了結自己，便忍不住放聲大哭。

聽說在某個春天的清晨，晨光照在已綻放兩、三朵花的梅樹枝椏上，一位海德堡的年輕學生悄悄選了那根枝椏自縊身亡。

「媽媽！請妳責罵我！」

「要怎麼罵？」

「就罵我是膽小鬼！」

「是嗎？膽小鬼。……這樣可以了嗎？」

媽媽的好，當真無與倫比。我一想到媽媽就想哭。為了向媽媽道歉，我同樣得死。

請原諒我。請就原諒我這一回。

年復一年
始終眼盲
白鶴幼鶵
長大長胖
我見猶憐
（元旦試作）

嗎啡　阿托洛摩爾　那可朋　潘特朋　帕畢納　潘歐平　阿托品*

自尊是什麼？
我們人……不，男人可以不去想「我很優秀」「我有優點」，就這樣活

*以上皆是毒品名稱。

下去嗎？

討厭人，被人討厭。

鬥智。

嚴肅＝憨傻

總之，正因為活在世上，所以肯定會欺騙。

某封向人借錢的信。

「請回我信。

而且希望這務必是好消息。……

我設想了各種屈辱，正獨自痛苦呻吟。

我不是在演戲。絕對不是。

求求妳。

我都快羞愧死了。

這麼說並不誇張。

每天我都在等妳回信，日夜都在顫抖。

請別讓我期望落空。

牆壁傳來竊笑聲，深夜時分，我在床上輾轉反側。

請別讓我羞愧屈辱。

姊！」

看到這裡，我合上那本夕顏日記，將它放回木箱裡，接著走向窗邊，將窗戶完全打開，俯視因下雨而迷濛的庭院，回想當時的事。

從那之後已六年的時光過去。直治染上毒癮，是造成我離婚的原因。不，不能這麼說，就算直治沒染上毒癮，總有一天我也會在某個契機下離婚。打從我出生，就覺得這似乎是注定好的事。直治為還錢給藥店而發愁，常向我要錢。當時我剛嫁到山木家，自然不可能隨意用錢，而且偷偷拿婆家的錢幫娘家的弟弟紓困，也教人感到丟人，所以我和從老家陪我嫁過來的老婆子阿關商量後，將手環、項鍊、禮服拿去變賣。弟弟捎信來，要我給他錢，他說自己痛苦又羞愧，沒臉見我，也沒臉和我講電話，匯錢的事就吩咐阿關處理，把錢送去住在京橋×町×丁目茅野公寓的小說家上原二郎先生住家，姊姊應該也知道他的名字，上原先生在世人口中風評不佳，被說得像素行不端似的，但他絕非那樣的人，請放心把錢送去上原先生那兒吧。到時上原先生會馬上打電話通知我，請務必這麼做。染上毒癮的事，不想讓媽媽知道，打算趁媽媽還沒發現，想辦法戒掉。收到錢之後，會全部拿去償還藥店的債務，然後去鹽原的別墅，讓自己恢復健康後再回去，我說的句句屬實。積欠藥店的債務全部還清後，我就絕不再碰毒品了，我向神明發誓，請相信我。要瞞著別讓媽媽知道，派阿關去請茅野公寓的上原先生幫忙。這些事弟弟全寫在信上，於是我按照他的指示，讓阿關帶著那些錢，悄悄送去上原先生的公寓，但弟弟在信中立下的誓，句句都是謊言，他根本沒去鹽原的別墅，毒癮也愈來愈重，而信中討錢的文字，句句悲苦，近乎悲鳴，一再悲切立誓，說這次一定會戒毒，教人不忍卒睹，儘管覺得這或許又是謊言，還是讓阿關將我胸針之類的飾品拿去變賣換錢，送去上原先生的公寓。

「上原先生是個怎樣的人？」

「個子不高，氣色不佳，態度很冷淡。」阿關回答。「但他很少待在公寓裡，通常只有他的夫人和六、七歲大的女兒在家。那位夫人雖然長得並不美，人卻很溫柔，似乎家教很好。如果是那位夫人，可以放心託她保管錢。」

當時的我和現在相比，不對，根本無法比擬，簡直可說是截然不同的兩個人。我那時迷糊、個性悠哉，直到弟弟接二連三向我要錢，而且金額愈來愈高，我終究忍不住擔心起來。某天，觀賞完能劇返家時，我在銀座遣司機先回去，獨自步行前往京橋的茅野公寓。

當時上原先生獨自在房裡看報。他穿著一件橫條紋的夾衣，搭配碎白花圖案的短外褂，看上去像個老頭，又像年輕人。我像看到一隻前所未見的異獸，留下了奇特的第一印象。

「內人和孩子一起去領配給物資了。」

他的聲音微帶鼻音，斷斷續續說道。他似乎將我誤以為是妻子的朋友。待我說出自己是直治的姊姊後，上原先生這才發出輕蔑的一笑。不知為何，我看了心裡發寒。

「我們到外面談吧。」

他如此說道，套上長披風，從鞋櫃裡取出全新的木屐穿上，很快便走出公寓的走廊。

外頭已是初冬的向晚時分，寒風冷冽。感覺就像是從隅田川吹來的河風。上原先生猶如逆風而行般，微微抬起右肩，不發一語朝築地方向走去。我快步跟在他身後。

我們走進東京劇場後方一棟大樓的地下室。在約二十張榻榻米大的細長房間裡，四、五組客人各自圍著桌子坐，靜靜喝酒。

上原先生用酒杯喝酒。接著他拿了另一只酒杯送到我面前，幫我倒酒。我用那酒杯喝了兩杯，一點事也沒有。

上原先生喝酒、抽菸，一直沉默不語。我也沉默。我有生以來第一次到這種地方來，但感覺心情平靜又舒服。

「要是改喝酒就好了。」

「咦？」

「不，我說的是妳弟弟。要是從毒品改成酒就好了。我以前也曾經染上毒癮。那會讓人感到有點可怕，雖然酒很類似，但人們對酒的包容性很高。就讓妳弟成為酒鬼吧。可以嗎？」

「我曾經看過酒鬼。某次過年，我正準備外出時，有個我家司機認識的人坐在車子前座，像妖怪一樣滿臉通紅，睡得鼾聲如雷。我嚇得大叫，司機對我說，這人是酒鬼，拿他沒轍。司機把那人帶下車，扛著他到別的地方去。那人全身癱軟，像沒有骨頭似的，但嘴裡仍不知在喃喃自語些什麼，那是我有生以來第一次親眼見識酒鬼，很有意思。」

「我也是酒鬼。」

「哎呀，你應該不一樣吧？」

「妳也是酒鬼。」

「才沒這回事呢。我看過酒鬼。和我完全不一樣。」

上原先生第一次開心地笑了。

「那麼，妳弟弟恐怕也沒辦法變成酒鬼，總之，最好能變成一個愛喝酒的人。我們回去吧。要是太晚回去很麻煩吧？」

「不，我無所謂。」

「不，其實是因為我手頭緊，不能再待了。小姐，結帳！」

「酒錢很貴嗎？如果不多的話，我這裡有。」

「是嗎。這樣的話，就由妳來結帳吧。」

「或許我帶的錢也不夠。」

我望向自己的錢包，問上原先生要多少錢。

「妳帶這麼多錢，都可以再接著喝兩三家了。這是在耍我啊。」

上原先生皺著眉頭說著，接著又笑了。

「您還要去哪裡喝酒嗎？」

我如此問道，他一本正經地搖了搖頭。

「不，夠了。我幫妳叫輛計程車，請回去吧。」

我們順著地下室的昏暗樓梯往上走。早我一步往上走的上原先生，來到樓梯半途，突然轉身面向我，迅速給了我一吻。我雙唇緊閉，就此接下那一吻。

其實我並非喜歡上原先生，但從那時起，我便有了這個「祕密」。上原先生跑上樓梯，木屐喀啦作響，我的心境莫名變得清澈透明，跟著緩緩往上走，來到外頭後，河風吹向臉頰，說不出的舒服。

上原先生幫我叫了一輛計程車，我們不發一語告別。

坐在車上，我覺得這世界突然變得像大海一樣遼闊。

「我有情人。」

某天，我聽到丈夫抱怨我，心裡落寞，突然口出此言。

「我早知道了。是細田對吧？妳就是無法死心吧？」

我沉默不語。

每次只要我們倆鬧得不愉快，夫妻之間就會搬出這個問題來。我心想，這段關係沒救了。就像不小心剪錯禮服布料一樣，那塊布料已經無法縫合，得整個丟掉，另外裁剪全新的布料才行。

「妳肚裡的孩子該不會是他的種吧？」

某天夜裡，丈夫對我說了這句話，當時我覺得可怕極了，全身顫抖。如今回想，我和丈夫那時都太年輕了。我不懂什麼是戀情，連什麼是愛都不懂。我四處逢人便說，細田先生的畫令我神往，要是能當他太太，不知會有多美好的日常生活，要是不能和他這般品味出眾的人結婚，結婚根本沒意義。此舉引來眾人的誤會，但我仍舊不懂情愛，若無其事公開宣稱喜歡細田先生，也沒想過收回我那些話，以致莫名引發事端，連睡在我肚裡的小寶寶，也引來丈夫的猜疑，明明沒人公然提到離婚之事，但不知從何時開始，周遭人都對我冷眼以對，我只好和陪嫁的阿關一起回到娘家，之後產下死在腹中的胎兒，臥病在床，與山木之間再沒往來。

直治對於我離婚的事，可能覺得有一份責任在，老是說「我死了算了」，還放聲吼叫，都快把臉給哭爛了。我問弟弟，到底欠了藥店多少錢，才終於知道金額高得嚇人。其實弟弟不敢坦承實際的金額，事後我發現他說謊。後來得知的實際總額，比當時弟弟告訴我的金額多上快兩倍。

「我見過上原先生，是個好人。今後你就和上原先生一起喝酒玩樂吧，如何？酒這東西不是很便宜嗎？如果只是酒錢，我隨時都能給你。至於藥店的債務，你也別擔心，總會有辦法的。」

我和上原先生見過面，並誇他是個好人，似乎令弟弟相當開心，當天晚上，他向我拿了錢，隨即前往上原先生家。

上癮或許是一種精神疾病。我誇讚上原先生，並向弟弟借了上原先生的著作來讀，稱他很了不起，弟弟聽了回我一句「姊，妳哪會懂啊」，但他似乎很高興，還拿了上原先生的其他書給我，對我說「喏，妳讀這本」，不久，我也認真讀起上原先生的小說，我們兩人還聊起上原先生的傳聞。弟弟幾乎每晚都名正言順上門找上原先生玩，後來似乎真的就像上原先生所提的計畫一樣，從沉迷毒品改為迷上喝酒。關於欠藥店的債務，我和母親私下商量後，母親單手掩面，靜靜思索了半晌，接著她抬起臉來，落寞一笑，對我說「想再多也沒用。雖然不知道要花上幾年才還得完，但我們就每個月還一點吧」。

之後六年過去。

夕顏。唉，弟弟想必也很難受。他前途受阻，可能直到現在仍不知道自己該做什麼才好，只能每天拚了命灌酒。

乾脆把心一橫，當個貨真價實的無賴算了。這麼一來，他反而會比較輕鬆吧。

世上有誰不是無賴？這是筆記本裡頭寫的文字，但經這麼一說，我逐漸覺得我也是無賴，舅舅也是無賴，就連媽媽也像無賴。所謂的無賴，指的不就是溫柔嗎？

四

我猶豫很久，不知道該不該寫信。但今天早上，我想起耶穌說的那句話「靈巧像蛇，馴良像鴿子」，莫名感到精力百倍，便決定提筆寫這封信。我是直治的姊姊。您忘了嗎？如果您忘了，請回想起我。

直治前一陣子去您府上叨擾，似乎給您添了不少麻煩，真的很抱歉（但既然是真治自己的事，他要怎麼做，是他的自由，我出面替他道歉，似乎有點無厘頭）。今天寫信給您，不是為了直治，而是為了我自己，想拜託您幫忙。我聽直治提到，您在京橋的公寓被炸燬，後來搬到目前的住所，本想到您位於東京郊外的住家拜訪，但家母前些日子身體微恙，實在沒辦法留家母獨自一人在家，自己上東京，這才決定寫信給您。

我有件事想和您商量。

要與您商量的這件事，若以過去《女大學》*的立場來看，或許可說是

*江戶時代中期開始普及的女性教養書。這裡的「大學」指的是四書五經的《大學》。

非常狡猾、卑鄙、惡劣的犯罪，但是我……不，應該說我們才對，如果一直這樣，日子實在無法過。您是舍弟直治在這世上最尊敬的人，我想請您聽聽我真實無偽的感受，給予建議指導。

我無法忍受目前的生活。這不是喜歡或討厭的問題，而是繼續這樣下去，我們一家三口將無法度日。

昨天也是，正當我感到痛苦難受、渾身發熱、呼吸困難，不知如何自處時，我家下方農家的女兒，在下午時背著白米，冒雨來到我家。而我則是依照約定，轉送她衣服。那女孩在餐廳和我迎面而坐，邊喝茶，邊以現實的口吻問道：

「妳光靠賣這些過生活，可以撐多久？」

「一年半載吧。」

我應道。接著我抬起右手，遮住自己的半邊臉。

「好睏，想睡了。」我說。

「妳這是太累了，應該是很想睡覺的那種神經衰弱。」

「或許是吧。」

眼淚差點滾落，這時，我心中突然浮現「現實主義」和「浪漫主義」這兩個字眼。我啊，身上沒半點現實主義。想到在這種情況下，是否還能活下去，便感到渾身發冷。家母就像半個病人一樣，有時昏睡，有時清醒，至於舍弟，如您所知，他的內心病得不輕，他住這裡時，總是成天到附近一家兼營料理店的旅館喝燒酒，平均每三天就會拿著我們變賣衣服換來的錢上東京。但真正痛苦的不是這種事。我清楚預感到，在這樣的日常生活中，我的生命會像沒散落地面直接腐爛的芭蕉葉一樣，就這樣直立著慢慢腐朽，這太可怕了。我實在無法忍受。因此，就算要違背《女大學》的訓示，我也要擺脫目前的生活。

於是我來和您商量。

我想清楚地向家母和舍弟宣告。清楚地告訴他們，我從以前就愛上某人，日後想和我那位情人一起生活。您應該也知道那人是誰。他名字的縮寫是M．C。過去只要遇上痛苦的事，我就想飛奔到M．C的懷裡，那是一種愛得無法自拔、連性命都可捨去的情愫。

M．C和您一樣，家中有妻小，在外頭還有比我更年輕貌美的女友。但我覺得自己除了去找M．C之外，已無其他生路可走。雖然我沒見過M．C的妻子，但似乎是位溫柔的女子。一想到他的妻子，我便認為自己是個可怕的女人。可相較之下，我眼前的生活更為可怕，我無法停止自己想倚賴M．C的心。我想像鴿子一樣馴良，像蛇一樣靈巧，來成就我的戀情。但家母、舍弟，以及世人，一定沒人會贊同我吧。您怎麼看？想到我最後還是只能獨自思考、獨自行動，就不禁落下淚來。這是我有生以來第一次這麼做。難道沒有方法能讓周遭人為如此困難的事獻上祝福嗎？我就像在思考極其複雜的代數因數分解之類的答案，突然在某處有了靈光，能讓這一切問題俐落地迎刃而解，因而變得開朗許多。

但重要的是M．C，他是怎麼看待我呢？想到此處，又備感沮喪。說起來，我算是自己送上門嗎？又不能說我是自己送上門的妻子，那該說是自己送上門的情人？正因為處在這般尷尬的身分，要是M．C說什麼也不願接受，那一切就到此為止了。所以我要拜託您，請代我向他問個清楚。六年前的某天，我心裡浮現淡淡的一道彩虹，那既不是戀情，也不是愛，但隨著時光流逝，那彩虹的色彩變得愈來愈鮮豔，一直出現在我眼裡，不曾錯過。向晚時分，高掛在晴空上的彩虹，轉眼就消逝在空虛中，但浮現在人們心中的彩虹似乎不會消失。請代我向那人問清楚，他究竟是怎麼看待我？覺得我像雨後天空的彩虹嗎？而且老早就已然消失無蹤了嗎？

若是如此，我也得讓心中的彩虹消失才行。但倘若沒先結束我的性命，我心中的彩虹不會消失。

衷心祈求您早日回信。

上原二郎先生（我的契訶夫。My Chekhov。M．C）

最近我略微變胖。與其說逐漸變成一個動物型的女人，不如說變得較有人味。今年夏天，我看了一部勞倫斯的小說。

由於沒收到您的回信，所以我再次寫信給您。上次寄去的信，充滿了蛇一般狡猾的奸計，想必全被您看穿了。其實我在信中的一字一句，都用盡了狡詐的謀略。到最後，想必您認為我寫那封信，只是想要您對我的生活伸出援手，打著向您要錢的主意對吧。對此，我也無法否認，但如果我只是想要找一名金主，恕我冒昧說一句，我不會特別挑選您，其他肯疼愛我的有錢老爺應該多的是。事實上，前不久才有一樁奇特的婚事上門。那人的名字，您可能知道，是一位年過六旬的單身老翁，有著藝術院會員之類的身分，是位大師級人物，他前來山莊說要娶我。這位大師住我們西片町老家附近，基於鄰居的情誼，有過數面之緣。記得是某個秋天的日暮時分，我和家母兩人搭車從那位大師家門前經過時，他獨自茫然地站在住家門旁。家母從車窗向那位大師點頭致意，他那看來嚴肅的青黑色臉龐頓時變得比楓葉還紅。

「他戀愛了嗎？」

我歡騰地說道。

「媽，那人應該是喜歡妳吧。」

但家母顯得一派從容，自言自語說道：

「不，他是位了不起的人物。」

尊敬藝術家，似乎是我們的家風。

這位大師的妻子前些年過世，他透過一位和我和田舅舅一樣是謠曲行家，素有交誼的皇族牽線，上門提親，家母對我說，妳心裡怎麼想，就直接回覆那位大師吧。我也沒細想，心下覺得排斥，便毫無顧忌寫信回覆道「我目前沒有結婚的打算」。

「我拒絕他沒關係吧？」

「當然可以。……我也認為這件事談不成。」

當時大師人在輕井澤的別墅，於是我將婉拒的回信寄到別墅。第二天，大師恰巧錯過了那封信，並說自己來伊豆溫泉辦事，順道上門拜訪，完全不知道我回信的事，突然來到我們的山莊。藝術家不管到了幾歲，似乎還是和小孩子一樣，行事恣意隨性。

家母因身體微恙，由我出面接待，我在中式房間遞上茶水，對他說：

「我想，那封婉謝信，現在應該已送達您輕井澤府上了。那是我仔細考慮後的決定。」

「是嗎。」

他以急促的口吻說道，抬手擦汗。

「不過，請您再仔細想想。對您……該怎麼說好，或許在精神上，我無法給您幸福，但相對就物質上，要給您怎樣的幸福都行。這點我能向您保證。請恕我講得這麼直白。」

「您提到的幸福，我不太懂。我這麼說似乎有點狂妄，請見諒。契訶夫在給妻子的信中寫道『請生下孩子，生下我們的孩子』。此外，應該是尼采，在他的隨筆中也有一段文字提到『想讓她生下自己骨肉的女人』。我想要孩子。幸福這種東西怎樣都行。雖然我也想要錢，但只要有足夠的錢可以養兒育女，也就夠了。」

大師露出奇怪的笑容。

「妳這樣的人還真是少見呢。不管對誰，想到什麼就說什麼。和妳這樣的人在一起，或許會為我的工作帶來新的靈感。」

他說出和他的年紀不相稱，顯得有點矯作的話來。我心想，如果憑我的力量，能讓如此偉大的藝術家在工作上重返青春，我的人生肯定將變得意義非凡，但我怎麼也想像不出自己讓大師摟在懷中的模樣。

「就算我沒半點愛意也無妨嗎？」

我微微一笑，向他問道，大師一本正經地說：

「女人這樣就行了。女人就該帶點迷糊才好。」

「可是像我這樣的女人，如果沒有愛，實在無法想像和對方結婚。畢竟已是成年人，明年也三十歲了。」

我如此說道，忍不住想摀住嘴巴。

三十歲。女人在二十九歲之前，仍保有處女的氣味。但三十歲的女人，身上已無處女的氣味。我突然想起以前從一本法國小說中看到的文句，頓時一股難受的落寞感襲來。我望向窗外，大海沐浴在正午的陽光下，像玻璃碎片般散發耀眼光芒。先前讀那本小說時，心裡也微感贊同，覺得言之有理。女人的生活到三十歲就結束了，那時我還可以一派輕鬆地這麼想，真懷念那段時光。手環、項鍊、禮服、腰帶，隨著這些東西一一消失，我身上的處女氣味想必也已逐漸變淡。貧窮的中年婦人。噢，我不要這樣。不過，中年婦人的生活同樣會有女人的生活，最近我逐漸明白這個道理。還記得一位英國女教師回英國前，對當時十九歲的我說道：

「妳不能和人談戀愛。妳一旦談戀愛，就會走向不幸。如果要談戀愛，請等妳年紀再大一些。就等三十歲以後吧。」

聽她那樣說，我不禁一愣。當時的我根本無法想像三十歲之後再談戀愛是怎樣的情形。

「我聽說，你們打算賣了這棟別墅。」

大師突然以不懷好意的表情如此說道。

我回以一笑。

「抱歉。剛想起了《櫻桃園》*。您要買嗎？」

大師似乎已敏銳地看出我的心思，嘴角下垂，一臉怒容，沉默不語。

某位皇族曾說過想用新幣五十萬圓買下這棟房子當住所，這的確也是事實，但此事後來沒談成，大師應該是聽到了這傳聞。只是一旦被我看作《櫻桃園》的商人羅巴金一般的人物，他似乎無法忍受，臉色相當難看，之後閒聊幾句便離去了。

我現在所盼求的，並非要您當羅巴金。這點我可以明白地告訴您。請接受一個自己送上門的中年婦人。

*契訶夫最後一部劇作。劇中的貴族在最後售出宅邸，並在櫻桃園裡的櫻桃樹被砍倒的聲響中離開家園。

第一次和您邂逅，已是六年前的事。當時我對您一無所知，只當您是舍弟的老師，還是個素行不端的老師。我們一起舉杯喝酒，然後您對我做了個小小的惡作劇，但我當時並未放在心上，只覺得全身變得無比輕鬆。對您也說不上喜歡或討厭。不久，為了討弟弟歡心，我向他借了您的著作來看，有時覺得有趣，有時覺得無趣，算不上是熱情的讀者，但這六年來，不知從什麼時候開始，您的事就像輕霧，悄悄滲進我心中。那天晚上，在地下室的樓梯上，我倆發生的事突然鮮活地浮現腦中，總覺得那是足以決定我命運的重大事件。我愛慕您，想到這或許是愛情，便感到極度不安、心慌，暗自哭泣。您和其他男人完全不一樣。我不像《海鷗》*裡的妮娜一樣愛上作家，也沒崇拜小說家。如果您視我為文學少女，我反而會不知該說些什麼好。我只是希望生下您的孩子。

如果能在更早之前，您還單身，而我也還沒嫁到山木家時和您相遇，並且成婚，也許我就不會像現在這般難受，我如今已死心，明白自己已不可能

* 契訶夫所寫的戲劇。妮娜是劇中一名地主的女兒。

和您結為連理。將您的夫人推向一旁，取而代之，這就如同是卑劣的暴力行徑，我不可能這麼做。即便當小妾（實在不想用這個詞，但就算改稱情婦，照世人的說法，也和小妾沒什麼不同，我也就挑明著說了）也無妨。話說，世上一般小妾所過的生活似乎都很艱辛。人們常說，小妾一旦沒了利用價值，就會被拋棄，只要年近六十，任何男人都會回到正室身邊，所以當什麼都行，就是不能當男人的小妾。這是有一次從我西片町老家的老長工和奶媽的對話中聽來的。但那指的是世俗的小妾，我想和我倆的情況不同。對您來說，最重要的應該是您的工作。如果您喜歡我的話，我們兩人濃情蜜意，對您的工作也有所助益吧。如此一來，夫人就能接受我們的關係。這聽起來像是強詞奪理，但我認為自己的想法一點都沒錯。

問題在於您的回覆。您到底是喜歡我，還是討厭我呢？還是說，我什麼都不是？等待您回覆是一件可怕的事，但我還是要問清楚。在上次那封信中，我寫到「自己送上門的情人」，而在這封信中，也寫到「自己送上門的中年婦人」，但仔細想想，若沒收到您的回信，就算我想送上門，也不得其門而入，最終只是一個人恍惚度日，日漸消瘦。看來，您不回覆我的話，我說什麼都是白搭。

我突然想起一件事，您在小說中寫了許多戀愛上的冒險，世人也都說您是個壞男人，但其實您是位合乎情理才行動的人對吧。像我不懂世間情理，只要是自己喜歡的事，就認為那是美好的生活。我想生下您的孩子。我並不想跟別的男人生下孩子，才來找您商量。如果您明白的話，請回信給我。清楚地讓我明白您的想法。

雨停了，開始起風。現在是下午三點。接下來我要去領取一級酒（約一公升）的配給。兩瓶蘭姆酒的酒瓶放在袋子裡，這封信放在胸前口袋裡，再過十分鐘，我就要前往坡下的村子。我不會讓舍弟喝這些酒，是我要喝。每天晚上，我都會用酒杯盛上滿滿一杯。酒果然還是要倒入酒杯才好喝。

要不要到我家來？

M・C先生

今天一樣下雨。下著肉眼幾乎看不見的霧雨。我每天都沒外出，一直在等您回信，但等到今天，仍不見您回信。您到底在想什麼呢？前一封信中，我寫到了那位大師的事，我是否不該提起呢？『竟然寫到提親的事，是想激起我的競爭心吧』，您是不是這麼想呢？實際上，那門婚事就此沒了下文。我剛才也和家母聊到那件事，我們兩人都笑了。家母前陣子說她舌頭痛，在直治的建議下採用美學療法，果真舌頭也不再疼痛，最近顯得較有精神。

我站在外廊，望著形成旋風逐漸被吹走的霧雨，正想著您究竟是何心思，這時家母從餐廳喚我道：

「我煮了牛奶，妳快來。因為天冷，煮得比較燙。」

我們在餐廳喝著熱騰騰的牛奶，聊起前幾天那位大師的事。

「那位先生，他和我一點都不登對吧？」

家母泰然自若地應道：

「不登對。」

「我這麼任性，而且並不討厭藝術家，再說，大師好像收入頗高，要是和他結婚應該不錯。可惜不成。」

家母笑了。

「和子，妳這孩子可真壞。嘴巴上講不成，但前些日子卻和他聊那麼久，還聊得很開心，不是嗎？真搞不懂妳在想什麼。」

「哎呀，因為挺有趣的嘛。還想和他多聊些不同的話題呢。這樣是不是不夠矜持呢？」

「不，妳這是黏得太緊了。和子太黏人了。」

家母這天顯得精神奕奕。

她看到我今天第一次盤起的頭髮後說道：

「將頭髮往上盤，適合髮量少的人。妳盤起的頭髮髮量太多，像戴了一頂小金冠似的。這是敗筆。」

「我太失望了。媽，妳以前不是說過嗎，和子的後頸又白又好看，要盡可能別遮住後頸。」

「唯獨這種事妳倒是記得特別清楚嘛。」

「只要有人誇我，我就一輩子不會忘記。記得會比較快樂。」

「前些日子，那位大師也誇過妳吧？」

「是啊。所以才變得黏人有話聊吧。他說和我在一起就有源源不絕的靈感，真是受不了。雖然我並不排斥藝術家，但像他一副聖人模樣，總愛擺架子的人，我實在無法接受。」

「直治的老師是個怎樣的人？」

我聽了心頭一涼。

「我不清楚，但既然是直治的老師，應該也好不到哪裡去，似乎是個掛著響亮招牌的壞男人。」

「掛著響亮招牌？」

家母露出開心的眼神，如此低語道：

「這句話可真有意思。如果真是掛著響亮的招牌，反而才安全。就像脖子繫著鈴噹的小貓，不是很可愛嗎？沒掛招牌的壞男人才可怕。」

「是嗎？」

我開心極了，感覺就像身體突然化為一陣煙，被吸往天空一樣。您能明白嗎？為什麼我會這麼開心。如果您還不明白的話……我會揍您喔。

說真的，要不要來我家坐坐呢？我直接開口叫直治帶您來，似乎不太自然，也很奇怪，您不妨假裝一時興起，順道來這裡逛逛。要由直治帶您來也行，但最好還是您單獨前來，而且是趁直治去東京，不在家的時候。因為要是直治在家，他一定會霸占著您，和您一起去阿咲姊的店喝燒酒，然後就一直待在那兒了。我家似乎代代都喜歡藝術家。那位叫光琳*的畫家，以前曾在我們位於京都的家中長住，在隔門上畫下美麗的圖畫。所以您的來訪，家

*尾形光琳，江戶時代中期的代表畫家之一。

母一定也很高興。您應該會在二樓的歐式房間休息。請別忘了先熄燈。我會帶著小蠟燭走上昏暗的樓梯去找您，不行嗎？太急了是吧。

我就喜歡壞男人，並且喜歡掛著響亮招牌的壞男人。而我也想成為掛著響亮招牌的壞女人。我想著不這麼做，就再也找不到其他生存之道。您應該是日本名氣最響亮的壞男人。我聽弟弟說，最近又有許多人說您卑鄙、骯髒，滿懷憎恨地攻擊您，這卻讓我更加喜歡您。您想必有各式各樣的情人，但相信您日後會漸漸只愛著我一人。不知為何，我就是有這種感覺。您和我同住，每天就能快樂地工作。從小人們常對我說「只要和妳在一起，就能忘卻一切辛苦」。截至目前為止，我還沒被討厭過。大家都說我是好女孩，您一定也沒道理討厭我。

要是能見到您就好了。如今我已不需要您的回信了。我想見您。要是去您東京的宅邸拜訪，就能輕易地見到您，但家母如同半個病人，我是陪在她身旁的看護兼女傭，無法出門。算我求您了。請到我這兒來吧。我好想見您一面，一切等我們見面後您就會明白。請看看我嘴角兩側長出的淺淺皺紋，我的臉應該比任何話語都更能讓您清楚明白我心中的想法。

一開始寄給您的那封信中，提到我心中的彩虹，那彩虹並非像螢火蟲那樣的亮光，也不像星光，不是如此高雅的美麗之物。如果對您的感覺僅僅如此淡薄且遙遠，我就不會備受折磨，想必也能漸漸忘卻您。我心中的彩虹是火焰橋，是幾乎將我胸膛燒焦的思念。連毒癮者在毒品用盡、渴求毒品時的心情，恐怕也沒我來得難受。儘管我認為自己沒有錯，絕非心存邪念，但有時會懷疑自己正在做一件荒唐的傻事，身體不住顫抖，也會反省自己是否發瘋了，腦袋盡是這般心思。我也是能冷靜計畫行事。請您務必前來一趟。什麼時候來都行。我哪兒都不會去，隨時在這裡等著您。請相信我。

我要再見您一面，到時如果您不喜歡我，請向我明說。我心中的這把火是您點燃的，請由您來滅了它，憑我自己的力量根本滅不了它。總之，等見過面之後，我就解脫了。如果是在《萬葉集》或《源氏物語》的時代，我這些話根本算不了什麼。這是我的願望，想成為您的愛妾，以及當您孩子的母親。

倘若有人嘲笑我這封信，就是在嘲笑女人為了活下去所付出的努力。就是在嘲笑女人的生命。港口裡完全不流通的空氣令人喘不過氣來，我再也忍受不了，儘管港外有暴風雨，我依舊想揚帆出海。停靠的帆船滿是髒汙，嘲笑我的人定然全是那些出不了港的帆船，什麼事也做不了。

真是個教人傷腦筋的女人。然而，為了這件事備受折磨的人，就屬我了。完全沒因為這事而受苦的旁觀者，明明讓風帆醜陋地垂落，卻還只會放言批評，真是沒道理。我可不希望別人隨便扣我帽子，說我這是某某思想，我沒任何思想立場，我從未因思想或哲學而展開行動。

世人所稱頌尊敬的人，我知道全是騙子、偽君子。我不信任世人。只有掛著響亮招牌的壞男人，才和我站在同一邊。掛著響亮招牌的壞男人，像這樣的十字架，我就算掛在上面死去，也心甘情願。即使千夫所指，我也能冷言反駁一句——你們才是更危險的壞人，只是沒掛著響亮的招牌罷了。

您能明白嗎？

愛情不需要理由。我好像談太多大道理了，又覺得不過只是在模仿弟弟的口吻罷了。我一直在等您前來。我想再見您一面。僅止如此而已。

等待。啊，人的生活中，有喜有怒，有悲有恨，各種情感都有，但情感只占有人們生活的百分之一，剩下的百分之九十九，都是在等待中度過，不是嗎？我迫不及待等候幸福的腳步聲傳向走廊，最終是一場空。啊，人的生活實在太悲慘。現實中，人們心裡想著，沒降生在這世上反而還比較好。每天從早到晚空虛等待著什麼，著實悲慘，我希望能對降生於世感到慶幸，愉快地看待生命、世人，以及這個社會。

阻礙人們前進的道德，難道不能推開嗎？

M・C（不是My Chekhov的簡寫，我愛的並不是作家。My Child）

五

今年夏天，我寫了三封信給某個男人，卻不曾收到回信。那是我左思右想，認為自己除了這麼做之外，再也沒別的生存之道，因而將心中的想法寫在那三封信中，懷著猶如從海岬前端朝洶湧怒濤一躍而下的心情，寄出了那三封信。但我苦苦等候，始終等不到回音。我若無其事向弟弟直治詢問那人近況，但直治說沒什麼不同，每天晚上仍舊四處喝酒，寫的盡是敗德之作，世人看了直皺眉，對他恨得牙癢癢。他還建議直治從事出版業，直治顯得興致勃勃，除了他之外，還找來兩、三位小說家當顧問，甚至有人願意出資。聽完直治這番話，看來我的氣味完全沒滲進我情人周遭的氣氛中，此時，相較於羞恥，我感到這世界與我所想的截然不同，就像個奇妙的生物，獨自被擱置在一旁，呆立在秋天黃昏時分的曠野上，不管怎麼放聲叫喊，也得不到任何回應，一股未曾體驗過的悲愁向我襲來。這就是失戀嗎？當我呆立在曠野上時，已日落西山，想到自己除了凍死在夜露下，恐怕已無路可走，頓時無淚地慟哭出聲，雙肩和胸口劇烈起伏，幾乎喘不過氣來。

既然走到這一步，無論如何我都要上東京見上原先生一面。我的風帆已經揚起，駛出港外，不能再繼續呆站著，得前往該去的地方才行。正當我暗自做好上東京的心理準備時，母親的樣子突然不太對勁。

一整晚狂咳不止，量體溫後發現，高燒三十九度。

「應該是因為今天較冷，明天就會好了。」

母親一面咳，一面悄聲說道，但我總覺得這並非一般的咳嗽，我心裡拿定主意，明天要請村裡的醫生來一趟。

隔天早上，母親已退燒至三十七度，也不太咳了，但我還是到村裡醫生的住處，告訴他母親最近變得虛弱許多，昨晚還發燒，咳嗽也感覺和一般感冒咳嗽不一樣，請醫生來家中看診。

醫生對我說「那麼，待會兒我到府上看看。這是別人送的」，從會客室角落的櫃子裡拿出三顆梨子給我。過午，醫生穿著白地藍花紋的衣服，外面披著一件夏季短外褂，前來問診。他和之前一樣，花了很長的時間仔細聽診、叩診，然後轉身面對我說：

「不用擔心，吃了藥就會好。」

我莫名失笑，但強忍了下來。

「得打針嗎？」

我詢問後，醫生一本正經答覆道：

「沒這個必要。只是小感冒，稍微靜養，很快就可痊癒。」

但過了一個禮拜，母親發燒的症狀還是不見消退。雖已止咳，但體溫早上是三十七度七，傍晚則是三十九度。醫生從那次看診的隔天起便因腹瀉休診，我前往領藥，向護士說家母狀況不佳，請她轉告醫生，得到的回覆只是一句「那是普通的感冒，不用擔心」，給了我藥水和藥粉。

直治一樣去了東京，十多天沒返家。我自己一個人深感不安，於是寄了張明信片給和田舅舅，告訴她母親狀況不佳的事。

母親發燒後的第十天，村裡的醫生腸胃終於好轉，前來看診。

醫生一臉謹慎的表情，一面替母親的胸膛叩診，一面喊著：

「原來如此，原來如此。」

接著他轉身面對我說：

「知道她發燒的原因了，左肺有浸潤現象。但您不必擔心，雖然發燒持續了一陣子，但只要好好靜養，就不用擔心。」

是嗎？雖然心裡懷疑，但我此刻宛如溺水之人，連一根浮出水面的稻草都不放過，聽到村裡醫生的診斷後，也略微鬆了口氣。

醫生回去後，我對母親說：

「媽，真是太好了。輕微的浸潤，大部分人都有，只要心情放輕鬆就能痊癒。都怪今年夏天氣候多變。我討厭夏天，也討厭夏天的花朵。」

母親閉著眼睛笑說：

「喜歡夏天花朵的人會在夏天過世。我本以為自己也會在今年夏天死去，沒想到直治回來了，這才活到了秋天。」

那個不肖子直治，千真萬確是母親活下去的支柱嗎？想到這裡，內心一陣悽楚。

「夏天已經過去了，這場病的危險期也度過了高峰。媽，庭院的胡枝子花已經開了，接下來還有黃花龍芽草、地榆、桔梗、茅草、狗尾草，庭院已全然轉變為秋天的景致。到了十月，妳一定會退燒的。」

我如此祈禱。希望九月的悶熱，即所謂殘暑季節早日過去。等到菊花綻放，風和日麗、暖和如春的日子接連到來，媽媽一定能退燒，重拾健康，我也能和那人見面，或許我的計畫也會像大朵的菊花一樣，開出燦爛的花。啊，要是十月早點到來，媽媽盡快退燒就好了。

寄明信片給和田舅舅後過了一個禮拜，在和田舅舅的安排下，曾擔任御醫的三宅先生帶著護士從東京前來看診。

這位老醫生與先父素有交誼，母親見到他似乎相當開心。老醫生從以前就不受禮儀規範，說話用詞也很粗鄙，但這似乎頗討母親歡心，那天兩人把看診的事晾一旁，愉快地閒話家常。我在廚房做好布丁端往客廳時應該已看完診，老醫生像把聽診器當項鍊似的，隨意掛在肩上，坐在客廳走廊的藤椅上。

「我也會到路邊攤站著吃烏龍麵，根本和好不好吃無關。」

他仍是那副漫不在乎的神情，與母親閒聊著，母親一派輕鬆地躺著仰望天花板聽他說。看來沒什麼事，我不禁鬆了口氣。

「您診斷的結果如何呢？村裡的醫生說家母左胸有浸潤的現象。」

我突然也壯膽起來，向三宅先生詢問，老醫生若無其事說道：

「沒什麼，不用擔心。」

「真是太好了，媽。」

我露出由衷的微笑，喚著母親。

「醫生說不用擔心。」

這時，三宅先生冷不妨從藤椅站起身，走向中式房間，似乎有事要對我說，於是我悄悄跟在他後頭。

老醫生來到中式房間的牆上掛飾下停住腳步，對我說：

「我聽到肺部破裂的聲音。」

「不是浸潤嗎？」

「不是。」

「會不會是支氣管炎？」

我眼裡噙著淚問。

「不是。」

是肺結核！我實在不希望這麼想。若是肺炎、肺浸潤、支氣管炎，我一定會盡全力讓她康復；但如果是肺結核，唉，也許已回天乏術。我感到自己腳下所踩的地面逐漸崩垮。

「聽起來很糟嗎？聽得到破裂聲嗎？」

我因為擔心而啜泣起來。

「左右兩邊都有。」

「可是媽媽明明還很硬朗，吃飯時也都會誇好吃啊……」

「這是沒辦法的事。」

「不可能。這不是真的吧？要是多吃奶油、蛋、牛奶，就能痊癒吧？身體有了抵抗力，就能退燒吧？」

「嗯，重要的是，什麼都得多吃。」

「我就說吧？她每天都吃五顆番茄呢。」

「嗯，番茄不錯。」

「這樣就沒問題了吧？能痊癒吧？」

「這次的病可能會致命，妳最好要有心理準備。」

世上有許多人力無法改變的事，我第一次感覺到什麼是絕望，那堵高牆就立在面前。

「要兩年？還是三年？」

我渾身顫抖，以微弱的聲音問道。

「不知道。總之，我已無技可施。」

三宅先生那天在伊豆長岡溫泉的旅館訂了房間，他和護士一同離去。我送他們到門外，又恍恍惚惚地走回房間，坐向母親枕邊，若無其事朝她微微一笑，母親問我：

「醫生怎麼說？」

「他說，只要退燒就好了。」

「肺部情況怎麼樣？」

「似乎沒什麼大礙。肯定就像之前那次生病一樣，等過一陣子天氣涼快後會慢慢好轉的。」

我想相信自己口中的謊言，將致命這種可怕的話，一股腦兒拋在身後。

對我來說，母親過世這件事，彷彿連我的身體也會隨之消失，實在無法當作現實來看待。今後我要忘卻一切，多做些佳餚讓母親享用。好比魚、湯、罐頭、肝臟、肉湯、番茄、蛋、牛奶。清湯，要是有豆腐就好了，就能做豆腐味噌湯。還有白飯、麻糬，任何好吃的食物都好，我這就賣掉我所有的物品，為母親做上美味的料理。

我站起身，前往中式房間，將房間裡的躺椅移往客廳外廊坐下，好就近看見母親的臉。母親正在休息，那張臉一點都不像病人，眼睛美麗又清澈，臉色充滿朝氣。每天早上都規律起床，上洗手間，然後在那三張榻榻米大的浴室裡梳理頭髮，梳裝打扮好後，才會回到床鋪，坐在床上用餐，隨後在床上或躺或坐，花一個上午讀書或看報，過了中午之後才開始發燒。

「沒錯，媽媽很健康。她一定沒問題的。」

我在心中強力否定三宅先生的診斷結果。

到了十月，菊花遍開時肯定就沒事了，我心裡這麼想，打起了盹來。在現實生活中，那是從未見過的風景，卻在夢裡不時地看到，我來到熟悉的森林湖泊，心想「啊，又來到這兒了」。我和一名穿著日式服裝的青年悄無聲息地走著，感覺周遭景致全籠罩在綠色的迷霧中，而一座白色的窄橋沉進了湖底。

「啊，橋沉了。今天哪兒也去不成。就在這家飯店休息吧。我記得應該還有空房。」

湖畔有座石造的旅館，旅館的石頭因綠色的濃霧而濡溼。石門上以纖細的金字刻著HOTEL SWITZERLAND。當我讀到SWI這三個字母時，突然想起母親。母親怎麼了？她在這座旅館裡嗎？我感到納悶。接著和青年一起穿過石門，來到前庭。濃霧瀰漫的前庭，模樣像繡球花的大紅花盛開，如同起火燃燒一般。小時候覺得棉被上的圖案，就像是紅豔的繡球花散落的模樣，心中莫名湧上悲戚，世上真的有紅色的繡球花。

「會冷嗎？」

「嗯，有一點。濃霧讓耳朵都溼了，耳背很冷。」

我笑著說道。

「媽媽不知道現在怎麼樣了？」

青年聞言，露出悲戚中帶有無比慈愛的微笑，對我說道：

「她已經埋在墳墓裡了。」

「啊。」

我微微驚呼出聲。原來是這樣嗎，母親已不在人世。母親的喪禮早就辦過了。啊，母親早就過世了。當我意識到這點，頓時因一股難以言喻的驚駭和孤寂而渾身發抖，睜眼醒來。

陽臺外已是黃昏景色，外頭正下著雨，綠色的孤寂仍和夢境中一樣，瀰漫四周。

「媽。」我喚道。

傳來母親平靜的聲音應道：

「妳在做什麼?」

我高興得一躍而起,前往客廳。

「我剛剛在睡覺。」

「這樣啊,還以為妳在忙什麼呢。妳午覺睡得可真久。」

母親似乎覺得有趣,笑了起來。

母親仍舊優雅地呼吸,好端端活著,我心中無比欣喜,充滿感激,眼中噙著淚水。

「晚餐吃什麼菜?有什麼特別想吃的嗎?」

我以略帶歡悅的口吻說道。

「不打緊,現在什麼都不想吃。我今天發燒到三十九度五。」

我頓時心情跌落谷底,一時間不知如何是好,茫然環視著昏暗的房內,突然興起一股想死的念頭。

「到底怎麼了,怎麼會燒到三十九度五呢?」

「也沒什麼，只是發燒前不太舒服，頭有點痛，還發冷，然後就燒起來了。」

外頭夜色盡掩，雨似乎停了，轉為起風。我點亮燈，正準備前往餐廳時，母親開了口：

「別開燈，光線太刺眼。」

「妳一直在暗處睡覺，應該不喜歡這樣吧？」

我站著問道。

「都是閉上眼睛睡覺，沒什麼差別唷。我一點也不覺得暗處冷清，反而受不了刺眼的光線。和子，接下來別開客廳的燈喔。」母親吩咐道。

我有一種不祥之感*1，默默關上客廳的燈光，走往隔壁房間，點亮檯燈，心中興起一股說不出的悲涼。接著我急忙前往餐廳，將罐頭鮭魚鋪在冷飯上吃了起來，又不禁涕淚縱橫。

入夜後，風勢轉強，九點左右還下起雨來，看來真的是暴風雨。外廊處

*1 編注：和子的母親稱自己閉上眼睛睡覺，原文「目を瞑る」也有死亡之意。

的竹簾，兩、三天前我將它往上捲，此時發出啪達啪達的拍打聲，我在客廳隔壁的房間閱讀羅莎·盧森堡*2的《國民經濟學入門》，感到莫名興奮。這是我前陣子從直治二樓房間拿來的書，當時還一併拿了《列寧選集》、考茨基*3的《社會革命》等，就擺在客廳隔壁房間的桌上。母親有天早上洗完臉回房時，正巧從我書桌旁走過，目光落在那三本書上，她逐一拿起來細看，接著微微嘆了口氣，又悄悄放回桌上，以落寞的神情望了我一眼。她的眼神中充滿深沉的悲傷，絕不是排斥或嫌棄的眼神。母親讀的是雨果、大仲馬和小仲馬、繆塞、都德等人之作，但我知道，就連那些滿是甜美故事的書本中也聞得到革命的氣味。像母親這種天生擁有好教養（這說法雖然有點怪）的人，或許可以理所當然地迎接革命到來，一點都不意外。我也是如此，讀了羅莎·盧森堡的書後，覺得自己似乎變得有點做作，但還是從中讀出了興味。書中寫的是經濟學，可如果純粹以經濟學的觀點來讀就著實無趣了，其實談的全是既單純、又再明白不過的事。不，或許是我對經濟學一竅

＊2 Rosa Luxemburg，德國馬克思主義政治家、社會主義哲學家及革命家，德國共產黨的創始人之一。

＊3 卡爾·約翰·考茨基（Karl Johann Kautsky），社會民主主義活動家，也是馬克思主義發展史中的重要人物。

不通。總之，這對我來說一點趣味也沒有。人這種生物實在很小家子氣，而且永遠都這麼小家子氣。如果不存在這樣的前提，這門學問便無法成立，對那些從不小家子氣的人而言分配根本構不成問題，也絲毫提不起興趣。但我還是讀了這本書，並從別處感到無來由的興奮。這本書的作者勇往直前，澈底破壞舊有的思想。我腦中浮現一名妻子的身影，不管再怎麼違背傳統道德，依然神色自若地奔向心愛之人。這是破壞思想。破壞既可憐又可悲，卻也美麗。這是破壞後重建，進而完成的夢想。一旦破壞之後，也許永遠不會有完成之日的到來，但仍一樣愛慕，正因為是這樣的戀情才非破壞不可，只是非引發革命不可。羅莎帶著悲傷，一往直前愛上了馬克思主義。

那是十二年前的冬天發生的事。

「妳根本就是《更級日記》[*1]裡的少女。對妳說再多也是枉然。」

一位朋友說完，就此離我而去。當時列寧的書我讀也沒讀一眼，便還給那朋友。

*1 平安時代中期，菅原孝標之女所寫的回憶錄，為平安女流日記文學的代表作之一。

「妳讀過了嗎？」

「抱歉，沒有。」

地點在可以望見尼古拉堂的橋上。

「為什麼不讀？」

朋友比我高出約一吋，擅長語學，戴上紅色的貝雷帽相當好看，大家也說她長得像蒙娜麗莎*2，是個大美人。

「我不喜歡這本書封面的顏色。」

「真是個怪人。但並非如此吧？妳其實是怕我吧？」

「才不會呢，我只是受不了這封面的顏色。」

「是嗎。」

朋友落寞說道，接著說我像《更級日記》裡的少女，並認定對我說再多也是枉然。

我們兩人沉默了半晌，直直俯視冬日的河川。

*2 原文為義大利語La Gioconda，《蒙娜麗莎》這幅畫的另一個名稱是女人的姓，同時有「幸福之人」的意思。

「祝妳一切平安。如果這是永別，希望妳能永遠平安。拜倫。」

她如此說道，隨即飛快地以原文朗誦拜倫的詩句，輕輕抱了我一下。我感到難為情，低聲說了一句「對不起」，向她道歉，朝御茶水站走去。轉頭一看，朋友仍站在橋上，一動也不動，靜靜注視著我。從那之後我就再也沒見過她。雖然我們會到同一位外國老師家上課，但念的是不同學校。

如此已過了十二年，我依舊是《更級日記》的少女，始終在原地踏步。這段時間，我究竟做了些什麼？既沒對革命產生憧憬，也不懂什麼是戀愛。過去世上的大人教導我們，革命和戀愛皆為世上最愚蠢、最令人鄙夷之事，我在戰前及戰時也對此深信不疑，但敗戰後，我們不信任世上的大人，就像一切都要反其道而行，才是真正的生存之道。革命和戀愛，其實正是這世上最美好之事，肯定是因為它們太過美好，大人們才會不安好心，騙我們說那是沒熟的葡萄。我希望自己相信，**人們是為了革命和戀愛才降生在這世上**。

這時隔門突然開啟，母親笑著探出頭來。

「妳還醒著啊，不睏嗎？」

我望向桌上的時鐘，已經十二點了。

「嗯，一點都不睏。讀了社會主義的書之後覺得很興奮。」

「是嗎。家裡有沒有酒？這時候要是喝點酒再睡，會睡得很沉呢。」

母親以調侃般的口吻說道，但她的姿態中帶有一股與頹廢僅只一線之隔的豔麗。

轉眼已來到十月，眼前不是萬里無雲的秋日晴空，而是宛如梅雨季節，接連不斷潮溼悶熱的日子。而母親的高燒同樣每到傍晚就在三十八、九度之間徘徊。

某天早上，我看到了可怕的景象。母親的手整個腫起。向來都說早餐最好吃的母親，這些天坐在床鋪上也只能吃上一小碗粥，完全無法接受氣味重的配菜。這天，我準備了松茸清湯給她喝，她果然連松茸的氣味都已無法接受，把碗端到嘴邊，又悄悄放回餐盤上，這時我看到母親的手，嚇了一跳，她右手腫得圓滾滾的。

「媽！妳的手，沒事吧？」

她連臉都略顯蒼白和浮腫。

「怎麼會有事，這小問題而已，沒事。」

「什麼時候開始腫的？」

母親就像覺得刺眼般瞇著眼，沉默不語。我想放聲大哭。這手不是母親的手，是其他大嬸的手。我母親的手更為纖細小巧。那才是我熟悉的手。溫柔的手。可愛的手。那樣的手已永遠消失了嗎？母親的左手雖然還沒腫得這麼嚴重，仍教人不忍卒睹，我急忙移開視線，望向壁龕的花籃。

我快流下淚來了，而且再也無法按捺，立即前往餐廳，只見直治獨自坐在那裡吃半熟蛋。他偶爾才會回到伊豆的住家，但回來一樣晚上固定到阿咲姊的店裡喝燒酒，早上則是沉著一張臉，也不吃飯，只吃半熟蛋，還一次吃

四、五顆，然後又回二樓去，時睡時醒。

「媽媽的手腫起來……」

我對直治說了這件事，低下頭。我無法接著說下去，就這樣低著頭啜泣。

直治沉默不語。

我抬起臉，緊抓著桌角說道：

「她已經不行了，你沒發現嗎？腫成那樣，真的不行了。」

直治的臉色顯得愈發陰沉。

「看來離死不遠了吧。啐，真沒意思。」

「我希望再一次治好她的病，我要想辦法治好她。」

我右手緊擰著左手如此說道，這時直治突然哭了起來。

「怎麼淨沒好事。我們遇到的淨沒好事。」

他一面說，一面猛揉眼睛。

這天，直治上了一趟東京，向和田舅舅報告母親的病況，想知道舅舅今後有沒有什麼指示。而我只要一離開母親身旁，幾乎從早哭到晚。無論在晨霧中前往領取牛奶時，對著鏡子梳頭、塗口紅時，我始終流著淚。和母親共同度過的那段幸福日子發生的種種事，像圖畫般歷歷浮現眼前，令人泫然。待傍晚天色變暗後，我前往中式房間的陽臺，啜泣良久。秋天的夜空星光閃爍，一隻別戶人家來的貓蜷縮在我腳邊，一動也不動。

隔天，母親腫脹的手變得比昨天更嚴重，三餐也吃不下。連橘子汁也說嘴破會刺激傷口而難以下嚥。

「媽，妳要不要戴上直治的口罩試試看？」

我笑著說，但說著說著，心中一陣悽楚，忍不住哇一聲哭了起來。

「看妳每天又忙又累的，還是雇一位護士吧。」

母親平靜地這樣說道，我很清楚她擔心我的身體更勝過她自己，這令我更加難過，於是我站起身，跑向三張榻榻米大的浴室，盡情大哭。

過午，直治帶著三宅老醫生和兩位護士一同前來。

總是愛開玩笑的老醫生，這時看起來微帶慍容，踩著沉重的步伐走進病房，便馬上進行診療。接著像自言自語似地低聲說道：

「變得更虛弱了呢。」

他替母親打了一針強心劑。

「醫生，您在哪兒下榻呢？」

母親有如夢囈般說道。

「也是住長岡。我已訂好旅館，您不必擔心。您身為病人，就別再為別人的事操心了，要多任性一點，有想吃的就得盡量多吃點。多攝取營養，病才會好。我明天再來一趟。我留一位護士在這裡，有事就吩咐她。」

老醫生對著病床上的母親大聲說道，隨即朝直治使了個眼色，站起身。

直治獨自送老醫生和隨行的護士離去，很快又回到房內，我看他臉色，一副想哭卻強忍下來的模樣。

我和他悄悄離開病房，走向餐廳。

「治不好嗎？是嗎？」

「真沒意思。」

直治嘴角拉拽，笑著說道。

「似乎是身體突然衰弱得厲害。醫生還說，也許今明兩天就走了也說不定。」

說著說著，直治眼中湧出淚來。

「沒打電話通知大家沒關係嗎？」

這時我反而顯得很冷靜。

「這事我也向舅舅商量過，但舅舅說，如今已不是能招來那麼多人的時候了。就算找大家來，在這麼小的房子裡反而失禮，而且附近沒有一家像樣的旅館，即使是長岡的溫泉旅館吧，一時要訂兩、三間房也沒那麼容易。也就是說，我們現在是窮人，沒能力請那些大人物前來。舅舅應該隨後會趕到，但他從以前就很小氣，請他幫忙也沒用。昨晚也是，他把媽媽生病的事晾在一旁，劈頭就狠狠訓了我一頓。我想古今中外，應該不會有任何人聽他這樣小氣的人說教會就此醒悟。雖然是姊弟，卻和媽媽根本天差地遠，真受不了。」

「可是，先不管我了，你今後還是得依賴舅舅才行……」

「鬼才依賴呢。我寧可當乞丐去。姊，妳才是呢，今後妳得請舅舅多多關照妳。」

「我……」

淚水滑落。

「我有地方可去。」

「妳敲定婚事啦？」

「沒有。」

「妳要自食其力？當職業婦女？勸妳還是免了吧。」

「我不是要自食其力，我要當一名革命家。」

「咦？」

直治露出古怪的表情望著我。

這時，三宅醫生帶來的隨行護士前來叫喚我：

「老夫人好像有事找您。」

我急忙趕往病房，坐向棉被旁，把臉湊近詢問：

「什麼事？」

母親似乎有話想說，卻又沉默不語。

「要喝水嗎？」我問。

她微微搖頭，似乎不是要喝水。

過了一會兒才小聲說道：

「我做了個夢。」

「是嗎？怎樣的夢？」

「有關蛇的夢。」

我大吃一驚。

「外廊的石階*上頭有隻紅色條紋的母蛇吧。妳去看看。」

我渾身發冷地起身來到外廊，隔著玻璃門往外望，發現石階上有隻蛇正伸長身子沐浴在秋陽下。我頓感暈眩。

我認得妳。妳比那時長得更大了些，也更顯蒼老，但妳就是被我燒掉蛇蛋的那隻母蛇。我很清楚妳想來報仇，妳快走吧。快點走開！

我在心中如此默想，凝睇著母蛇，但她始終一動也不動。不知為何，我不想讓護士看到這隻蛇。於是我用力蹬地，故意大聲說道：

「媽，沒看到。夢中之事，怎能信以為真。」

我朝石階瞄了一眼，那蛇終於挪動身體，慢吞吞地從石階往下滑落。

沒希望了。沒救了。看到這隻蛇，絕望從我心底不斷湧現。父親過世時，枕邊也出現過一隻小黑蛇，當時我親眼目睹蛇纏繞在庭院的樹頭上。

母親似乎連在床鋪上坐起身的力氣都不剩，大半昏昏沉沉，生活大小事

*編注：原文為沓脫石，日式建築在轉換室內與室外的空間時，會使用這類石材來當作階梯。

全交由貼身護士打理，三餐幾乎一口都沒吃。不知道這麼形容是否恰當，看到蛇之後，頓時有股安心感穿透我內心深處的悲傷，像是感受幸福般就此寬心下來，只想盡可能守在母親身邊。

從隔天起，我就緊挨在母親枕邊織毛線。不管織毛線還是針線活，我的動作總遠比別人來得快，但就是做不好。而母親會執起我的手，用心一一指導我不擅長的技巧。這天，我一樣無心織毛線，但為了陪在母親身旁，不會顯得那麼不自然，只好做做樣子，於是我拿出毛線盒，織起毛線，一副心無旁騖的模樣。

母親一直靜靜望著我的動作，開口說了：

「妳是想織襪子吧？這樣的話，這裡要是不多加八針，穿起來會很緊喔。」

小時候，不管母親再怎麼教我，我就是織不好。我現在就像那時候一樣不知所措、羞愧，同時又深感懷念，啊，想到母親以後再也不能像這樣教導我，便忍不住熱淚盈眶，看不清毛線針眼。

母親熟睡時，完全沒有痛苦的神情。她從今天早上便一口飯也沒吃，我用紗布沾茶，不時替她潤潤脣，但她意識清楚，不時會平靜地向我說話。

「報上好像刊出陛下的照片，再讓我看一次。」

我將報紙拿到母親面前，讓她看那篇報導。

「陛下也老了。」

「不，是照片沒拍好。前陣子有張照片，看起來很年輕，春風滿面呢。處在現在這種時代，陛下應該很高興。」

「為什麼？」

「因為連陛下也得到了解放。」

母親神情落寞地笑了。過了一會她才說道：

「那是想哭卻流不出淚啊。」

我心中突然浮現一個念頭，母親現在應該是幸福的，不是嗎？幸福感這種東西，不就像那沉在悲哀的河底、隱隱迸出光芒的沙金嗎？在深刻的悲哀過後，那不可思議的爽朗心境，如果說這就是幸福感，那麼，天皇陛下、母親，還有我，此刻確實都是幸福的。寧靜的秋日上午，灑落一地柔和秋陽的庭院，我停止織毛線，望著波光粼粼、與我胸口一般高的海平面。

「媽，我過去實在太不懂人情世故了。」

我如此說道，雖然還有很多話想說，但護士就在房間角落準備靜脈注射，若讓她聽到會很難為情，於是並沒多說。

「妳說過去……」

母親莞爾一笑，又問我：

「這麼說來，妳現在已經知道社會是怎麼一回事囉？」

不知為何，我竟滿臉通紅。

「這世態很難懂啊。」

母親把臉轉向一旁，自言自語似地小聲說道。

「我一直都不懂啊。真的有人能懂嗎？不管時間過去再久，大家都還是小孩子。什麼都不懂。」

但是，我還是得活下去。或許我只是個孩子，但不能再這樣撒嬌下去。今後我必須在這社會中爭逐而活。啊，像母親這般，不與人爭、不憎恨、不羨慕，一生在淒美中度過，應該是最後一人了，今後世上不會再有第二人。逐漸邁向死亡的人有一種美，至於生存，以及苟活於世，總教人感到無比醜陋、充滿血腥味，而且卑鄙齷齪。我暗自在榻榻米上想像蛇挖洞的模樣。但我心中還有件無法割捨之事。就算膚淺也罷，我要活下去，為了達成那心願，我得在社會中戰鬥。確定母親即將走完人生之後，我感覺浪漫情懷和感傷逐漸消失，轉變成一個小心翼翼又狡猾的生物。

那天下午，我在母親身旁幫她潤脣時，一輛汽車停在大門前，是和田舅舅帶著舅媽從東京開車趕來。舅舅走進病房，不發一語坐向母親枕邊，母親用手帕遮住臉的下半邊，望著舅舅，就這麼哭了起來。但就只是一臉哭容，沒有流淚，像人偶一般。

「直治人呢？」

過了一會兒，母親望著我問道。

我走上二樓，對躺在歐式房間的沙發上讀著新出刊雜誌的直治說：

「媽叫你。」

「哇，又要上演悲傷場面啦。真虧妳忍得住，能在那裡待那麼久。妳的神經可真夠粗的。我這算薄情吧，即使這麼痛苦，內心也充滿熱情，肉體卻很脆弱，實在沒力氣待在媽媽身邊。」

他邊說著邊穿上外衣，和我一起下樓。

我們兩人一同坐向母親枕邊，母親突然從棉被底下伸出手，默默指向直治，然後指向我，最後轉頭面向舅舅，雙手合掌。

舅舅重重點頭應道：

「嗯，我明白，我明白。」

母親像是安了心般，微微合上眼，悄悄把手縮回被窩裡。

我哭了，直治也低下頭嗚咽。

這時，三宅老醫生從長岡前來，先替母親打了一針。母親也許是見到了舅舅最後一面，心中已了無遺憾，便說：

「醫生，請快點讓我解脫吧。」

老醫生和舅舅互望一眼，不發一語，兩人眼中都閃著淚光。

我起身走向餐廳，準備舅舅愛吃的豆皮烏龍麵，連同醫生、直治，以及舅媽的份，一共四人份，端往中式房間。接著我讓母親看舅舅帶來的伴手禮——丸之內飯店的三明治，擺在母親枕邊。

「很忙吧。」

母親小聲說道。

眾人在中式房間裡閒聊，舅舅和舅媽說今晚有事，非趕回東京不可，包了慰問金給我，三宅醫生和護士也要一同回去，他吩咐另一位貼身照顧的護士各種照料的方法，並說母親目前意識很清楚，心臟狀況也不算太糟，光靠打針應該還能再撐上四、五天，那天眾人便暫且先搭車回東京。

送走所有人後我前往房間一看，母親露出親暱的笑容。

「忙壞了吧。」

她像在說悄悄話似地對我說，神情是如此充滿活力，宛如散發著光輝。我心想，應該是見到舅舅後覺得開心吧。

「不會的。」

我也隨之感到雀躍，回以一笑。

這是我與母親最後的對話。

過了約三小時，母親便過世了。在秋天寧靜的黃昏時分，護士替她量脈搏，在我和直治兩名至親的看顧下，我美麗的母親，日本最後的貴婦，就此嚥下最後一口氣。

她的遺容幾乎和生前沒有不同。父親過世時，一張臉幾乎都變了，但母親的臉色卻一點也沒變，只是沒了呼吸。我們甚至不曉得她何時停止了呼吸。母親臉上的浮腫，也在前一天消退了，兩頰光滑如蠟，薄脣微微上揚，看起來像露著微笑，比在世時更為美豔，我認為像極了《聖殤》*裡的瑪利亞。

*義大利語為Pietà，是米開朗基羅的成名雕塑作品。描繪聖母瑪利亞悲痛地懷抱著被釘死的基督。

六

戰鬥開始。

我不能永遠沉浸在悲傷之中。我有非戰鬥不可的目標。為了新的倫理，不，這麼說也許很偽善。是為了戀情，如此而已。就像羅莎得倚賴新經濟學才能活下去，我現在若不倚賴戀情，就無法活下去。耶穌為了揭露這世上的宗教家、道德家、學者、權威的偽善嘴臉，毫不躊躇地將神的真愛如實告訴世人，當祂準備將十二弟子派往四方時，祂教導弟子們的話語，感覺與我此時的情況有點相關。

「腰袋裡不要帶金銀銅錢，行路不要帶口袋，不要帶兩件褂子，也不要帶鞋和拐杖。看啊，我差你們去，如同羊進入狼群；所以你們要靈巧像蛇，馴良像鴿子。你們要防備人，因為他們要把你們交給公會，也要在會堂裡鞭打你們。並且你們要為我的緣故被送到諸侯君王面前。你們被交的時候，不要思慮怎樣說話，或說什麼話。到那時候，必賜給你們當說的話，因為不是你們自己說的，乃是你們父的靈在你們裡頭說的。並且你們要為我的名被眾人恨惡，唯有忍耐到底的必然得救。有人在這城裡逼迫你們，就逃到那城裡去。我實在告訴你們：以色列的城邑你們還沒有走遍，人子就到了。

那殺身體不能殺靈魂的，不要怕他們；唯有能把身體和靈魂都滅在地獄裡的，正要怕他。你們不要想，我來是叫地上太平；我來並不是叫地上太平，乃是叫地上動刀兵。因為我來是叫人與父親生疏，女兒與母親生疏，媳婦與婆婆生疏。人的仇敵就是自己家裡的人。愛父母過於愛我的，不配做我的門徒。愛兒女過於愛我的，不配做我的門徒。不背著他的十字架跟從我的，也不配做我的門徒。得著生命的，將要失喪生命；為我失喪生命的，將要得著生命。」*

戰鬥開始。

如果，我因為戀愛而發誓必然遵從耶穌的教義，耶穌會責罵我嗎？為什

*語出馬太福音譯文。

麼「戀」不行，「愛」就可以呢？我不懂。我怎麼看都覺得兩者是一樣的。為了搞不懂的愛，為了戀情，為了悲傷，肉體與靈魂皆在煉獄毀滅之人，啊，我想大聲主張，那就是我。

在舅舅等人的幫忙下，在伊豆替母親辦了一場低調的葬禮，並在東京舉行了正式的葬禮。之後直治和我回到伊豆山莊，過起了即使面對面也不交談，無來由尷尬的生活。直治拿走母親全部的珠寶，聲稱要充當開出版社的資金，在東京四處喝酒，累了就像重病患者般，臉色蒼白，步履蹣跚返回伊豆山莊，倒頭就睡，有時還帶了舞女般的年輕女孩回來，自己都顯得不自在，於是我說：

「今天我去東京可以吧？好久沒去找朋友了，想去朋友家玩，住個兩、三晚，就麻煩你看家了。至於作飯，可以請你那位朋友幫忙。」

我乘機抓緊直治這項弱點，正所謂「靈巧像蛇」，把化妝品和麵包等隨意塞進皮包後，一派自然地前往東京和那個人相會。

在東京郊外的省線荻窪站北口下車，走上約二十分鐘的路程，似乎就能抵達那個人在戰後的新住處。我早先便若無其事地從直治那裡聽聞了此事。

那是個寒風強勁的日子。我在萩窪站下車時，四周已光線昏暗，我攔住一名路上的行人，告訴他那個人的住址，請他告訴我方位。我在郊外的幽暗巷弄裡徘徊了將近一小時，心裡不安極了，不禁流下淚來。不久，我被砂石路上的石頭絆了一下，木屐帶斷裂，我呆立原地，不知如何是好。這時，右手邊兩棟長屋的其中一棟，白色門牌在黑暗中浮現，上頭隱約寫著「上原」兩字，我單腳穿著分趾鞋襪踩在地面，朝那戶人家大門跑去，朝門牌看個仔細，果然寫著「上原二郎」，但屋內一片漆黑。

我一時又愣在原地，不知如何是好，感覺像要昏倒了一樣，將身體靠向玄關的格子紙門上，低聲問道：

「有人在嗎？」

我如此喚道，手指輕撫著格子窗。

「上原先生。」

我試著悄聲叫喚。

有人應聲，卻是女人的聲音。

玄關的大門從內開啟，一名臉蛋細長，帶有古典風韻，約長我三、四歲的女子，從昏暗的玄關內朝我嫣然一笑。

「請問您是哪位？」

她詢問的口吻不帶絲毫的惡意和戒心。

「不，呃……」

但我沒能說出自己的名字。我的戀情，唯獨對她存有一份莫名的歉疚。我惴惴不安，以近乎卑微的態度問道：

「請問，老師不在家嗎？」

「對。」

她如此應道，一臉同情地望著我。

「不過，大致知道他去哪裡……」

「出遠門嗎？」

「不。」

她似乎覺得好笑，單手摀著嘴。

「他在荻窪。您到站前一家名叫『白石』的關東煮店，就能知道他去哪兒了。」

我聽了之後滿心雀躍。

「啊，這樣啊。」

「哎呀，您的木屐……」

在她的促邀下，我走進玄關內，坐在入門臺階上，從他太太手中接過一條皮繩，這東西可在木屐帶斷裂時輕鬆修補，似乎叫做「輕便木屐帶」。我修理木屐的這段時間，他太太點亮了蠟燭，端來玄關替我照明。

「很不巧，剛好兩顆燈泡都壞了，最近燈泡貴得離譜，又容易壞，真是糟糕。要是我丈夫在的話，還能託他去買，但昨晚和前天晚上他都沒回家，我連著三晚都身無分文，只好早早就寢。」

他太太一派悠閒笑著說道。身後站著一名年約十二、三歲的女孩，有雙大眼，身材清瘦，感覺不太與人親近。

敵人。雖然我不會這麼想，但他太太和這女孩日後有一天肯定會當我是敵人，對我滿懷憎恨。一想到此，我的戀情一時間彷彿也冷卻了般。我換好木屐帶站起身，雙手拍了幾下，拂去手上的灰塵，忽然感到一股落寞朝我周身撲來，難以忍受，心下無比慌亂，很想飛奔入內，在黑暗中抓住他太太的手大哭一場。但想到事後自己那掃興又無趣的難堪模樣，實在不忍卒睹。

「謝謝您。」

我客氣地鞠躬致謝，走出屋外，受寒風吹拂，戰鬥，開始，愛慕，喜歡，渴望，是真的愛慕，真的喜歡，真的渴望，因為愛慕，所以沒辦法，因為喜歡，所以沒辦法，因為渴望，所以沒辦法。那太太確實是難得的好女人，女兒也生得很美，但我即便被迫站向上帝的審判臺，卻一點也不覺得內疚。人原本就是為了愛與革命而生，上帝也沒道理責罰我。我一點也沒錯，因為真的喜歡，所以趾高氣昂。在見到他之前，要我在野外露宿兩三晚，也在所不惜。

我很快便找到站前那家叫「白石」的關東煮店，但他不在店內。

「他一定在阿佐谷。從阿佐谷站北口直直往前走，大約一百五十公尺遠吧？有家五金行，從那裡右轉，再走大約五十公尺？有家叫『柳』的小料理店，老師最近和柳的阿捨小姐打得火熱，整天泡在那裡，真是服了他。」

我前往車站，買了車票，搭上前往東京的省線電車，在阿佐谷站下車，從北口走了約一百五十公尺，來到五金行後右轉，又走了約五十公尺，來到小料理店「柳」，店內一片悄靜。

「他剛走，帶著一大群人，說接下來要到西荻的『千鳥』老闆娘那裡喝通宵。」

眼前的女子比我年輕，氣質沉穩高雅，而且待人親切，難道她就是人們口中那位和上原先生打得火熱的阿捨小姐？

「千鳥？在西荻的哪一帶？」

我一時心慌，差點落下淚來。忽然心想，我該不會是瘋了吧？

「我也不太清楚，應該是西荻站下車後，從南口往左轉那一帶。總之，您到那兒找派出所詢問應該就會知道。老師這個人光喝一家絕對不過癮，前往千鳥之前，可能還會在別的地方逗留呢。」

「那我去千鳥看看。再見。」

我又往回走。從阿佐谷搭上開往立川的省線電車，經過荻窪，在西荻窪站的南口下車，在寒風吹拂下四處徘徊。我看到派出所，前往詢問千鳥怎麼走，然後照著警方的指示在夜路上快步獨行，好不容易發現了千鳥的藍色燈籠，我直接打開格子門，毫不遲疑。

店內設有土間*，走進之後是一間六張榻榻米大的房間，有人抽菸，店

*日式房屋入門處沒鋪木板的黃土地面。

內煙霧瀰漫，約莫十個人圍在房內一張大桌子旁，個個酒酣耳熱，歡笑喧鬧。當中還坐著三名比我年輕的女孩，同樣抽菸喝酒。

我站在土間環視店內，終於發現了他。恍如置身夢中的感覺。他變得不一樣了。六年的時光，他已完全變了個人。

我的彩虹、我的M・C、我生存的意義，就是他嗎？六年。那一頭亂髮如昔，但可悲的是，髮量變得稀疏，而且呈紅褐色，那張臉泛黃浮腫，眼眶又紅又腫，缺了門牙，一張嘴老是嚼個不停，感覺如同一隻老猴子弓著背坐在房內角落。

其中一位年輕女孩發現了我，向上原先生使眼色，告訴他我來了。他維持原本的坐姿，伸著細長的脖子望向我，沒任何表情，朝我努了努下巴，示意要我進來。在座的人似乎對我不感興趣，依舊喧騰嬉鬧，但他們還是不忘坐擠一點，把上原先生右邊的座位空出來給我。

我不發一語坐下。上原先生朝我的酒杯倒入滿滿的酒，也朝自己的酒杯倒酒，低聲沙啞地說：

「乾杯！」

我們軟弱無力地端起酒杯互碰，發出可悲的響聲。

「嘰囉嘰、嘰囉嘰、咕嚕咕嚕*1」，不知誰先哼了起來，又有另一人隨之應道「嘰囉嘰、嘰囉嘰、咕嚕咕嚕」。兩人的酒杯碰撞，「噹」的一聲清響，昂首一飲而盡。嘰囉嘰、嘰囉嘰、咕嚕咕嚕、嘰囉嘰、嘰囉嘰、咕嚕咕嚕。歌聲此起彼落，像是亂唱一通，頻頻互撞酒杯，一飲而盡。然後配合不正經的節奏，豪氣十足地硬把烈酒往嘴裡灌。

「抱歉，先走一步。」

有人如此說道，步履踉蹌離去。又有新客人慢吞吞地走進店內，向上原先生點個頭致意，便擠入了這夥人中。

「上原先生，說到那個地方啊，上原先生，那地方的『啊啊啊』該怎麼說才好呢？是『啊、啊、啊』嗎？還是『啊啊、啊』呢？」

*1 嘰囉嘰原文為ギロチン，聽起來像法語「guillotine」，意為斷頭臺。咕嚕咕嚕則是頭落地打滾的擬態語。

一人趨身向前詢問，我記得在舞臺上看過這張臉，是新劇演員藤田。

「是『啊啊、啊』才對。要說成『啊啊、啊，千鳥的酒可不便宜呢』，就像這樣。」上原先生說。

「談的全是錢的事。」一名女子說。

「兩隻麻雀賣一分錢*2，這究竟算貴，還是便宜呢？」一名年輕紳士說。

「還有一句話說『若有一文錢沒還清，你斷不能從那裡出來*3』，還有個複雜的譬喻說『一個給了五千，一個給了兩千，一個給了一千*4』，看來耶穌也挺精打細算的。」另一名紳士說。

「而且他還挺能喝的。我才在想聖經裡怎麼這麼多關於酒的譬喻，果不其然，聖經記載道，有人批評他『看，這個貪食好酒的人*5』。並非說他是『喝酒的人』，而是『好酒的人』，可見他一定酒量很好。起碼喝個一升不成問題。」另一名紳士說。

*2 語出馬太福音，原文為「兩個麻雀不是賣一分銀子嗎？若是你們的父不許，一個也不能掉在地上。」

*3 語出馬太福音。

*4 語出馬太福音，原文為「按著各人的才幹：一個給了五千，一個給了兩千，一個給了一千，就往外國去了。」

*5 語出馬太福音，原文為「看，這個貪食好酒的人！稅吏和罪人的朋友！」

「別再說了。啊啊、啊，你們畏懼道德，竟拿耶穌當藉口。千繪，喝吧。嘰囉嘰、嘰囉嘰、咕嚕咕嚕。」

上原先生用力和裡頭最年輕貌美的女子碰了一下酒杯，發出一聲清響，喝了一大口酒，酒從他嘴角滴落，下巴都沾溼了，他漫不在乎，用手掌粗魯地擦了一把，接連打了五、六個噴嚏。

我悄悄離席，前往隔壁房間，向那位臉色蒼白、身材消瘦，仿如有病在身的老闆娘詢問洗手間的位置，回來時又經過那房間，這時，裡頭最年輕貌美的千繪小姐像在等候我似地，站在房內。

「您餓不餓呀？」

她親暱地笑著問我。

「嗯，不過我帶了麵包來。」

「雖然我店裡什麼也沒有。」

一副病人模樣的老闆娘，慵懶地側坐，靠在長火盆旁說道。

「您就在這房間用餐吧，要是陪在那些酒鬼身旁，整晚都別想吃東西。坐這兒吧，千繪也一起。」

「喂，阿絹，沒酒了。」

隔壁一位紳士叫喚。

「好，來了。」

那位名叫阿絹的服務生，約三十歲左右，穿著一件亮眼的橫條紋和服，托盤上端著十壺酒，從廚房走出。

「等等。」

老闆娘喚住她。

「也送兩壺過來。」

又笑著道：

「阿絹，不好意思，等會兒請去一趟後面的鈴屋，點兩碗烏龍麵來。」

我和千繪並肩坐在長火盆旁烤手。

「把棉被鋪開來吧，天冷了，要不要喝一杯？」

老闆娘拿起酒壺朝自己的茶杯裡倒酒，也朝另外兩只茶杯倒酒。

我們三人默默喝著酒。

「大家的酒量真好。」

不知為何，老闆娘以深有所感的口吻說道。

此時傳來大門霍然開啟的聲響。

「老師，我拿來了。」

是一名年輕男子的聲音。

「社長這個人太斤斤計較了。我說要兩萬圓，一直要，他最後才掏出一萬圓來。」

「支票嗎？」

傳來上原先生沙啞的嗓音。

「不，是現金。不好意思。」

「不，沒關係。我開個收據吧。」

嘰囉嘰、嘰囉嘰、咕嚕咕嚕。這段時間裡，這群人還是不斷唱著乾杯之歌。

「阿直先生人呢？」

老闆娘一本正經地向千繪問道。我為之一怔。

「我哪知道，我又不是總在盯著阿直先生。」

千繪神情慌亂，滿臉通紅，模樣可愛。

「最近他是不是和上原先生起了衝突？平時明明都膩在一起啊。」

老闆娘語氣平靜地說道。

「聽說他最近喜歡上跳舞，還和一名舞女交往呢。」

「阿直先生也真是的，不光喝酒，還迷上女人，這下可難收拾了。」

「還不就老師一手調教的。」

「阿直先生素行不良，像他這種落魄少爺……」

「我說……」

我面帶微笑打斷了兩人的談話，心想若是繼續保持沉默，對她們兩人反而失禮。

「我是直治的姊姊。」

老闆娘似乎相當吃驚，重新打量我，千繪則是處之泰然。

「難怪長得這麼像。剛才看到您站在土間的暗處，我大吃一驚，以為是阿直先生呢。」

「原來是這樣。」

老闆娘馬上轉為一本正經的語調。

「沒想到您會來到我們這家寒磣的小店。這麼說來……您和上原先生老早就認識了？」

「對，六年前見過……」

我欲言又止，低下頭，幾欲流下淚來。

「讓您久等了。」

女服務生端來了烏龍麵。

「快趁熱吃。」

老闆娘請我吃。

「那我就不客氣了。」

我將臉埋進烏龍麵的熱氣中，稀里呼嚕吃著麵，感覺此刻才真正體會到活在人世的落寞極致。

嘰囉嘰、嘰囉嘰、咕嚕咕嚕、嘰囉嘰、嘰囉嘰、咕嚕咕嚕。上原先生哼著歌走進我們所在的房間，到我身旁來，他不發一語將一只大信封遞給老闆娘。

「光靠這麼一點就想蒙混過去，不行喔。」

老闆娘也沒看信封裡裝了什麼，便收進長火盆的抽屜裡，笑著說道。

「剩下的賬，我會帶來還妳的。等明年。」

「真好意思說。」

一萬圓。要是有這筆錢，不知道能買多少顆燈泡。要是有這麼多錢，足以供我一年的生活開銷。

啊，這些人都錯了。然而，他們也許就像身陷戀情的我，若不這麼做，便無法活下去。若說人降生世上，無論如何都得活下去，那麼，這些人為了活下去所展現的姿態，或許就不該用憎厭的眼光來看待。生存。生存。啊，如此奄奄一息的大事業，是多麼難以經營啊。

「終歸一句——」

隔壁房的紳士說道。

「要在東京生活，就得用『吃飽沒』這種極為輕浮的問候方式，還要講得臉不紅氣不喘，否則沒辦法生存。要求我們穩重、誠實這類的美德，簡直就像是看到有人上吊，還拉他的腳一樣。穩重？誠實？我呸！這樣根本活不下去嘛。如果不能輕鬆向人問候一句『吃飽沒』，接下來就剩三條路可走，一是回鄉下種田，二是自殺，三是當女人的小白臉。」

「沒有一項辦得到的可憐蟲，至少還有最後唯一一條路。」

另一名紳士說。

「那就是叫上原二郎請客，痛飲一番！」

嘰囉嘰、嘰囉嘰、咕嚕咕嚕、嘰囉嘰、嘰囉嘰、咕嚕咕嚕。

「妳沒地方過夜吧？」

上原先生喃喃自語般低聲說道。

「我嗎？」

我意識到體內有隻蛇正昂首吐信。是敵意。一股近乎敵意的情感，令我全身為之緊繃。

「可以忍受睡大通鋪嗎？天氣很冷喔。」

上原先生完全無視於我的怒意，低聲說道。

「應該不行吧。」

老闆娘插話。「那樣太可憐了。」

上原先生暗啐一聲。

「既然這樣，大可不必來這裡。」

我沉默不語。這人確實讀了我寫的信。我也很快便從他這番話的語氣中察覺，他比誰都愛著我。

「真拿妳沒辦法。去福井先生家拜託看看吧。千繪，妳能不能帶她去？等等，只有妳們女人去，路上可能會有危險。真麻煩。媽媽桑，麻煩妳低調點將她的木屐拿來廚房。我送她過去，一會兒就回來。」

外頭夜氣濃重。強風已平息不少，滿天星斗。我們兩人並肩而行。

「真的要睡大通鋪，我也可以。」

上原先生發出快睡著了的聲音「嗯」了一聲。

「您是想和我私下獨處吧，對不對？」

我說完後笑了，上原先生則是嘴角垂落，面露苦笑道：

「就是這樣才討厭啊。」

我深切意識到，自己其實備受疼愛。

「您酒喝得真多，每晚都喝嗎？」

「沒錯，每天。從早到晚。」

「酒好喝嗎？」

「難喝。」

不知為何，上原先生說這話的聲音，我聽了之後全身為之一寒。

「工作還好嗎？」

「很糟，不管寫什麼都被說胡說八道，實在可悲到極點。這是生命的黃昏、藝術的黃昏、人類的黃昏。連這麼說都覺得做作。」

「郁特里羅*。」

我近乎無意識脫口說出這句話。

「哦，郁特里羅是吧，他好像還活著呢，成了酒精的亡靈、死屍。最近

* Maurice Utrillo，法國畫家，畫作以城市景觀為主。

這十年，他的畫變得出奇低俗，沒一幅像樣的。」

「不光郁特里羅吧？就連其他大師也……」

「沒錯，都衰弱了。就連冒出的新芽也變得衰弱。是霜，frost。就像全世界都下起了這時節不該有的寒霜。」

上原先生輕輕摟著我的肩，讓身軀包覆在他的披風衣袖內，我沒抗拒，就這樣緊偎著他，緩步而行。

路旁樹木的枝椏，一片樹葉都不剩的枝椏，纖細而銳利地刺穿夜空。

「樹枝真的很美。」我不由得低喃起來。

「嗯，花和黝黑的枝椏搭配得宜。」他略顯慌亂地說道。

「不，我喜歡這種沒有花葉、新芽，什麼都沒長的樹枝。儘管如此，它還是好好地活著。和枯枝不一樣。」

「只有自然不會衰弱嗎？」

他如此應道，接連打了幾個猛烈的噴嚏。

「您不會感冒了吧？」

「不不不，不是。其實這是我的怪癖，當我的醉意達到飽和，就會像這樣打起噴嚏來。這是我的酒醉指標。」

「戀愛呢？」

「咦？」

「有這樣的對象嗎？讓您能達到飽和的對象。」

「搞什麼，別挖苦我好嗎。女人全都一個樣。複雜難懂，太難搞了。嘰囉嘰、嘰囉嘰、咕嚕咕嚕，其實是有個對象啦，不，算半個吧。」

「您看了我的信嗎？」

「看了。」

「您的答覆呢？」

「我討厭貴族。不管怎樣，貴族就是會有教人無法忍受的傲慢。你弟弟直治也是，就貴族來說，他算是個很不簡單的男人，但還是不時會展現出狂妄的一面，教人不敢恭維。我是鄉下農夫之子。每次從這樣的小河旁路過，就會想起小時候在家鄉小河邊釣鯽魚或撈青鱂魚的過往，心中滿是懷念。」

小河在幽暗的底層微弱傳出潺潺水聲，我們走在沿岸的小路上。

「不過，你們這樣的貴族非但無法理解我們的感傷，還會瞧不起我們。」

「屠格涅夫呢？」

「那傢伙是貴族，我不喜歡他。」

「可是，《獵人日記》裡……」

「嗯，只有那本書寫得還不錯。」

「那是對農村生活的感傷……」

「那傢伙算是鄉下貴族，這點我可以妥協。」

「我現在也算是鄉下人，還下田耕種呢。是個鄉下的窮人。」

「妳現在還喜歡我嗎？」

他用粗暴的語氣問道。

「還想要生我的孩子嗎？」

我沒回答。

他以岩石墜落般的勁道把臉湊近，不容分說地吻了我。那是帶有濃濃性慾氣味的一吻。我接受那一吻，流下淚來。那是苦澀的淚水，近乎屈辱、不甘心的眼淚。眼淚源源不絕地湧出，不斷淌落。

我們兩人再度並肩而行。

「不妙，我愛上妳了。」

他這樣說道，露齒一笑。

我卻笑不出來。我緊緊蹙眉，噘起了嘴。

無奈。

若要用言語來形容的話，就是這種感覺。我發現腳下木屐在地上拖行，走路的姿態無比頹廢。

「不妙。」他又說了一遍。

「就走到哪兒算哪兒吧。」

「這樣太假了。」

「去妳的。」

上原先生朝我肩膀捶了一拳，又打起了噴嚏。

來到那位福井先生家，屋裡的人似乎都已入睡。

「電報、電報。福井先生，有您的電報喔。」

上原先生拍打著大門，朗聲喚道。

「是上原嗎？」

屋裡傳來男人的聲音。

「正是。王子和公主特地前來叨擾一宿。天氣一冷，就老打噴嚏，難得的情侶同行戲碼也變成了喜劇。」

大門由屋內開啟。一名年過五旬，童山濯濯，個頭矮小的大叔，穿著一件華麗的睡衣，以古怪的靦腆笑容迎接我們兩人。

「拜託了。」

上原先生說了這麼一句，也沒脫下披風，直接就往屋裡鑽。

「畫室太冷了，不能睡人。借你家二樓一用。跟我來。」

他執起我的手，走過走廊，順著盡頭處的樓梯往上走，來到一間昏暗的房間，打開房間角落的開關。

「這裡好像料理店的包廂呢。」

「嗯，這是暴發戶的品味。但配上那種三流畫家，實在糟蹋了。壞人的運勢特別好，他這裡戰時完全沒受到戰火波及，不利用一下怎麼行。好了，睡吧、睡吧、睡吧。」

他就像在自己家一樣，自行打開壁櫥，拿出被褥鋪上。

「妳睡這兒吧。我這就回去，明天早上再來接妳。走下樓梯右轉就是廁所了。」

他像從樓梯滾落般，快步走下樓梯，在咚咚咚的吵鬧聲響之後回歸一片闃靜。

我再次扭轉開關，熄去電燈，脫下用父親外國帶回來的布料做成的天鵝絨大衣，鬆開腰帶，直接穿著和服就鑽進被窩。可能是過於疲憊再加上喝了酒，全身慵懶無力，很快便昏沉入睡。

不知何時，他躺在了我身旁……我極力展開無言的抵抗，撐了將近一個小時之久。

突然覺得他也很可憐，不禁放棄抵抗。

「不這麼做，您無法感到安心吧？」

「可以這麼說。」

「您是不是把身子搞壞了？您咳血對吧？」

「妳怎麼知道？其實前一陣子咳得很嚴重呢，但我沒向任何人說。」

「因為我母親過世前，身上也有同樣的氣味。」

「我死命地喝酒。人活在世上，只有一個悲字可言。不是落寞或孤寂這麼悠哉之物，是悲哀。當那陰氣沉沉的嘆息從四面牆壁傳來時，只有自己才有的幸福，根本不可能存在。當人們明白有生之年絕不會有屬於自己的幸福和榮耀時，會是怎樣的心情呢？努力，這種東西只會成為飢餓野獸嘴裡的食物。悲慘的人實在太多了。這樣說會很做作嗎？」

「不會。」

「只剩下戀愛了，就像妳在信中說的一樣。」

「對。」

我的那份戀情就此消逝。

長夜已盡。

房內逐漸明亮，他睡在我身旁，我仔細端詳他的睡臉，那是將死之人的臉，疲憊已極的臉。

是犧牲者的臉。尊貴的犧牲者。

我的男人。我的彩虹。My Child。可憎的人。狡猾的人。

感覺這是世上獨一無二、俊美絕倫的臉，我的戀情彷彿重新被喚醒，滿心歡躍，我輕撫他的頭髮，獻上一吻。

悲傷的戀情有了結果。

上原先生閉著眼睛抱緊了我。

「我個性太彆扭了，因為我是農民之子。」

我再也不想離開這個人。

「我現在很幸福。即使聽到四面牆壁傳來嘆息聲，我此刻的幸福感一樣達到了飽和，是足以令我打噴嚏的幸福。」

上原先生呵呵輕笑。

「可是，太晚了，已經黃昏了。」

「還是早上啊。」

那天早上，弟弟直治自殺身亡。

七

直治的遺書。

姊。

我不行了，恕我先走一步。

我實在搞不懂，為什麼非活著不可。

想活下去的人活著，這樣就行了。

就像人有活下去的權利，同樣的，應該也有死亡的權利。

我這想法一點都不新穎，這種理所當然、再原始不過的事只是人們莫名感到害怕，不肯挑明著講罷了。

想活下去的人，不管做什麼事，都應該能堅強地活下去，而那了不起的、號稱人類榮耀之物，肯定就存在其中，只是我認為，死亡絕對不算是一種罪。

像我這樣的小草，活在這世上的空氣與陽光下，總感覺還是欠缺了什麼，有所不足。我之所以能活到現在，已是竭盡了全力。

我上了高等學校後，第一次和那些與我成長階層截然不同、如雜草般強韌勇敢的友人往來，我不想被他們的氣勢壓倒，就此認輸，於是我沾染毒品，自陷半瘋狂狀態，加以抵抗。之後我入伍從軍，在軍中一樣用鴉片來作為活下去的最後手段。姊，妳想必無法明白我的心情吧。

我想讓自己變得低俗。想變得更強，不，是變得更強悍粗暴。我認為這是成為所謂庶民之友的唯一道路。光靠酒是行不通的。我得一直讓自己昏沉目眩才行。為達到這個目的，只有毒品辦得到。我非得忘了自己的家，必須反抗父親傳給我的血脈，抗拒母親的溫柔，對姊姊冷淡。否則便得不到進入庶民房間的入場券。

我確實變得低俗了，言談間也會使用低俗的用語。但那當中有一半……不，有百分之六十是可悲的現學現賣。只算得上不入流的小聰明。對庶民來說，我同樣是個矯揉造作、愛擺架子又放不開的男人。他們不會真正掏心挖肺地和我往來。然而，我已經捨棄的上流社會，如今也回不去了。現在我的低俗就算有百分之六十是人工的現學現賣，剩下的百分之四十已變為貨真價實的低俗。我對於上流社會那教人難以忍受的高雅幾欲作嘔，一刻也無法忍耐。而那些號稱大人物或是身世顯赫人士，也會對我的舉止粗鄙呆若木雞，立馬拒我於門外吧。我無法回到所捨棄的世界，只剩下庶民給了我充滿惡意、虛情假意的旁聽席。

不論哪個時代，像我這種欠缺生活能力、滿是缺陷的小草，或許只會落得思想一無可取、自然消滅的命運。然而即使是這樣的我，也有著想傳達的主張。我感覺到有難以苟活的苦衷。

世人都一樣。

這算是一種思想嗎？這句不可思議的話語，我認為發明它的人，不是宗教家，不是哲學家，也不是藝術家，而是從庶民的酒館裡冒出的一句話。像長蛆一樣，不知不覺間，也不知道出自何人之口，就這樣不斷湧出，覆滿全世界，令這世界變得無比尷尬。

這句不可思議的話語，與民主主義或馬克思主義完全無關。那一定是在酒館裡，醜男對美男子說的話。只是出於煩躁，還有嫉妒，跟思想什麼的統統無關。

只是酒館裡爭風吃醋的怒吼聲，卻佯裝一副滿腹思想的神情，在庶民間展開遊行；明明和民主主義或馬克思主義理應沒半點關係的話語，卻不知何時與政治或經濟思想糾纏在一塊，變得莫名低劣。這般胡言亂語和思想對調的把戲，或許就連梅菲斯特*也會感到愧對良心，而躊躇不前。

世人都一樣。

多卑微的一句話啊。這句話鄙視世人，同時也鄙視自己，毫無尊嚴可言，讓人放棄一切努力。馬克思主義主張勞工至上，卻沒說世人都一樣。民主主義主張個人的尊嚴，卻沒說世人都一樣。只有皮條客會說這種話，「嘿

*德國文豪歌德名作《浮士德》裡的惡魔。

嘿，任你再怎麼故作清高，還不都一樣是凡人嗎？」

為什麼要說世人都一樣？就不能說與眾不同嗎？這是奴性的復仇。

不過這句話著實猥褻、可怕，人們懼怕彼此，所有思想都遭到強姦，努力遭到嘲弄，幸福遭人否定，美貌遭人玷汙，光榮被人硬生生扯下，我認為所謂「世紀的不安」，正是來自這句不可思議的話語。

我覺得這句話讓人感到不適，我也同樣受這句話脅迫，因懼怕而顫抖不已，不管想做什麼都覺得難為情且不安，一顆心噗通直跳，無處安身，乾脆藉由酒精或毒品帶來的暈眩尋得片刻的內心平靜，就這樣搞砸了自己的人生。

我很懦弱吧。我是懷有重大缺陷的小草，那名皮條客或許會嘲笑我，說我滿口理由，其實根本是自己貪玩，懶惰又好色，只是個恣意胡來、縱情玩樂的傢伙。過去有人這樣說我，我也總是一臉難為情、不置可否地點頭，但在臨死之前，我也想說句話提出抗議。

姊。

請相信我。

我就算玩樂度日，一點也不快樂。或許我罹患了快樂的「不舉」。我只是為了離開那緊跟著的貴族黑影，才會瘋狂、享樂、頹廢。

姊。

我們到底有什麼罪？生為貴族，是我們的罪過嗎？只因生在那個家，我們就非得永遠像猶大的家人一樣，戒慎恐懼、低頭謝罪、羞愧過活不可。

我應該更早去死。只是唯一放不下的，就是媽媽的愛。想到她的愛，我便死不了。人擁有自由活下去的權利，同時也擁有了結自己性命的權利，但只要「母親」在世，這尋死的權利就必須暫時保留，因為這同時也會奪走「母親」的性命。

現在即便我死了，也沒人會為此悲傷到傷身的地步吧，不，姊，我知道，失去我之後，你們的悲傷會到什麼程度，但虛假的感傷就免了吧。你們要是知道我的死訊，一定會為我哭泣，但請試想我在世時的痛苦，以及我從那痛苦不堪的生命完全解脫後所得到的歡悅，你們的悲傷一定會逐漸消失。

責備我自殺，沒給予我任何幫助，光說著好聽話，還一臉傲慢批評「他應該要好好活下去」的人，想必是能泰然自若地建議天皇陛下去開水果店的那種大人物。

姊。

我還是死了好。我是個沒有生活能力的人，沒有為錢與人鬥爭的能力，甚至連要別人出錢請客都辦不到。我雖然和上原先生一起玩樂，但我花的錢，向來都是自己出的。上原先生曾說我這是小家子氣的貴族尊嚴，看了很礙眼，但我並非為了尊嚴才搶著付錢，而是害怕用上原先生工作賺來的錢，無意義地花在吃喝、玩女人上，我實在做不到。不過，若我一派輕鬆地說這是因為我尊敬上原先生的工作，也是違心之言。其實我並不清楚原因，但是我害怕讓人請客。尤其是對方用自己的本事賺來的錢請客，更教我難過，心裡有種說不出的苦。

我只能不斷從家裡搬錢、搬物資，讓媽媽和妳傷心難過，我也一點都不快樂。說要投入出版業，也只是為了掩飾自身羞愧而做做樣子罷了，根本不是認真的。就算我真的想幹一番事業，像我這種連讓人請客都拉不下臉的男人，怎麼可能賺得了錢，我再傻，好歹也有這點自知之明。

姊。

我們已成了窮人。原本想趁有生之年，請客招待別人，但現在若不是靠別人的錢資助，我根本無法生活。

姊。

既然走到這一步，我為什麼非活下去不可？我已經不行了，我要了結自己，我手上有藥，可以讓我輕鬆地離開。是我還在軍中時拿到的。

姊，妳人長得美（我向來以擁有漂亮的母親和姊姊自豪），又聰明，我完全不擔心妳，甚至沒資格替妳擔心。這就像小偷體恤受害者的遭遇一般，只會讓我臉紅。我想，妳日後一定會嫁為人婦，生兒育女，倚靠丈夫平安地活下去。

姊。

我有一個祕密。

長期以來一直藏在心底，儘管人在戰地，我滿腦子想的還是她的事，夢裡想著她，醒來後哭喪著臉，這種情況不知已發生過多少回。

妳要守口如瓶，不論對誰都不能說出她的名字。我就要死了，心想至少也該對妳坦白，清楚說出此事，但我心還是怕得慌，不敢說出她的名字。

若我誓死保守這個祕密，不向任何人提及，永遠藏在心底，死後儘管身體火化，內心恐怕仍無法燃燒殆盡，留下濃濃的腥臭，我將深感不安，索性我就拐彎抹角、含糊隱約，像在說個虛構故事一樣，先向妳說了吧。雖說是虛構故事，妳應該很快會察覺這個人是誰。與其說是虛構故事，不如說只是使用假名來混淆罷了。

姊，妳知道嗎？

妳應該知道這個人。妳可能沒見過她，她比妳年長幾歲，單眼皮鳳眼，從未燙過的頭髮，總是緊緊束在腦後。她的髮型樸實，穿著也總是很寒磣，卻一點都不顯邋遢，她向來穿得端莊又潔淨。她是一位戰後陸續以全新畫風發表作品，遠近馳名的中年西畫家的妻子，那位西畫家的行徑粗暴，生活頹廢，但他的妻子總是若無其事，微笑以對。

我站起身說：

「那麼，我告辭了。」

她也站起身，不帶任何戒心走到我身旁，仰望我的臉，以很平常的聲音問：

「為什麼？」

她好像真的很納悶似地，頭微微偏向一旁，朝我凝望了半晌。她的雙眸沒一點兒惡意和虛偽，平時我若是與女人目光交會，總會慌亂地移開目光，只有在那時候，我絲毫不覺得害羞，兩人的臉只有約莫一尺的距離，在非常愉悅的心情下，就這樣四目交接長達六十秒以上，我忍不住莞爾一笑。

「可是……」

「他很快就回來了。」

她還是一本正經說道。

我突然興起一個念頭，所謂的正直，是否就像她這樣的表情。那並非是修身教科書上嚴肅古板的品德，而是以「正直」展現原本的美德，或許就是這麼可愛的東西。

「我會再來。」

「這樣啊。」

從開始到結束，都是如此平凡無奇的對話。某個夏日的午後，我到那位西畫家的公寓拜訪，畫家不在家，妻子說「他應該很快會回來，您要不要進屋裡等」，我順著她走進屋內，讀了約三十分鐘的雜誌。眼看畫家似乎是不會回來了，我起身告辭，僅是如此，但就在那天的那個時刻，她的眼眸令我陷入苦戀，難以自拔。

那該用高貴來形容嗎？在我周遭的貴族中，媽媽姑且不談，我可以很肯定地說一句，沒人能像她一樣毫無戒心地流露出如此「正直」的眼神。

之後，在某個冬日黃昏，她的側臉令我大受震撼。一樣是在那位西畫家的公寓，我陪那位西畫家窩在暖桌旁，一大早便喝酒，和他一起把日本所謂的文化人評得一文不值，笑彎了腰，接著西畫家倒頭就睡，鼾聲如雷，我也在他身旁躺下，打起了盹。這時有條毛毯輕輕蓋在我身上，我微微睜眼瞧，只見東京的冬日黃昏蔚藍如水，畫家太太抱著女兒，若無其事坐在公寓的窗邊，她那五官端正的側臉，以遠方蔚藍如水的黃昏天空為背景，仿如文藝復興時期的人物側面畫，刻畫出立體優美的輪廓。她輕輕替我蓋上毛毯的親切，不帶半點情色和欲望，啊，「humanity」一詞就是在這種情況下使用才顯得鮮活吧。對他人理所當然的那份落寞的體貼，彷彿不經意的舉止，她在如畫的寧靜氣氛下凝望遠方。

我閉上眼，心中滿是愛戀，為愛痴狂，淚水從眼皮裡不斷湧出，我拉起毛毯蒙住頭。

姊。

我之所以去找西畫家玩樂，起初是醉心於他作品的獨特筆觸，以及潛藏其中的狂熱激情。隨著雙方交誼日深，他的內涵空泛、散漫不羈、卑鄙下流，令我大感掃興，相反地，他妻子的內在美卻深深吸引了我，不，我愛上的是擁有如此端正愛情的人，這令我心生愛慕，為了多看畫家的妻子一眼，我才常往西畫家的住處跑。

如今我認為，那位西畫家的作品中展現出些許藝術的高貴氣息，應該是反映了他妻子溫柔的內心世界。

此刻我可以明白說出心中的感覺，那位西畫家就只是個嗜酒如命、耽於玩樂、手段高明的商人。因為需要錢玩樂，而在畫布上信手亂塗顏料，乘著流行的浪頭，擺出大師派頭，高價賣出作品。他所擁有的，只有鄉下人的厚臉皮、愚蠢的自信、奸詐的生意頭腦。

對於其他人的畫，不論是外國人的畫，還是日本人的畫，他恐怕什麼都不懂。可能連自己在畫什麼也不知道吧。只是為了有錢玩樂，一味地在畫布上塗抹顏料。

更教人吃驚的是，他對於自己的胡來，似乎沒半點懷疑、羞恥，以及害怕。

只有洋洋得意。再怎麼說，他就是個連自己畫什麼都不知道的人，當然也不懂別人的作品有何優點，盡是一再貶損。

也就是說，他這種頹廢的生活，嘴巴上講得很痛苦似的，但根本就是個愚蠢的鄉下人，來到憧憬許久的大都市後，意外功成名就，連自己也意想不到，就此歡天喜地，終日玩樂。

我曾對他說：

「當朋友全都個性懶散、只顧享樂時，只有自己一人用功，會覺得既難為情，又可怕，無法接受這種情形，即使一點也不想玩樂，還是會加入同伴的行列，和大夥一起玩樂。」

那位中年西畫家聽了之後，神色自若地應道：

「咦？你這就是所謂的貴族心態吧，真噁心。像我，看別人在玩樂，如果不跟著一起玩樂，覺得可就虧大了，反而大玩特玩。」

我當時打從心底瞧不起那位西畫家。那人的放浪行徑裡沒半點苦惱，倒不如說，他以遊戲人生自豪。是個貨真價實的樂天派，滿腦子漿糊。

其實說再多那位西畫家的壞話，和姊姊一點關係也沒有，只是我在臨死前，想到和他這麼一段長時間的交誼，還是不免感到懷念，心中有股衝動，想再見他一面，好好暢玩一番。我對他沒半點憎恨，他也只是懼怕寂寞的人，其實還有許多優點，我就不再多說了。

我只是想讓姊姊知道，我因迷戀那個人的妻子，感到心慌意亂，痛苦萬分。而姊姊知道了這件事，也絕對沒必要告訴任何人，想為弟弟生前的遺願盡一分心力，這不過是矯情的多管閒事。只要妳知道這件事，暗自在心裡想「哦，原來是這麼回事啊」，這就夠了。若說還有所希冀，那就是透過這教人難為情的告白，讓姊姊進一步明白我過去活得有多痛苦，便足感欣慰了。

我曾夢見自己和畫家太太彼此緊握著手，得知太太也和我一樣，從很久以前就喜歡上我。儘管從夢中醒來，手中仍留有太太手指的溫熱，我便已心滿意足，覺得自己該死心了。道德並不可怕，我真正害怕的，是那位半瘋半狂的西畫家，不，他根本就是個瘋子。我想放棄這段戀情，將胸中烈火投向他方，不管對象是誰都好，瘋狂和各種女人玩樂，行為之放蕩，連那位西畫家某天晚上看了也忍不住皺眉。我要想辦法擺脫他太太的幻影，要忘了她，讓這一切從我眼中消失。可惜最後依然不管用。畢竟我是個只能愛戀一名女性的男人。坦白說，除了那位太太，我從不覺得其他女人漂亮、可愛。

姊。

臨死之前，就讓我寫下這唯一的一次吧。

……小菅。

這是那位太太的名字。

昨天帶那位我一點也不喜歡的舞女（這女人骨子裡就是傻）回山莊，並不是因為我今天早上想死，才帶她回來。雖然我老早打算近日要自我了斷，昨天帶她回山莊，是因為那女人吵著要去旅行，而我也在東京玩累了，於是我心想，和這笨女人在山莊休息個兩、三天也不壞，雖然於妳有點尷尬，但我還是和她一起回山莊了，結果妳說要去東京的朋友家，當時我忽然興起一個念頭——如果要死，就得趁現在。

我從以前就想死在西片町老家的房間裡。我既不想死在大路上，或是橫屍曠野，屍體任由看熱鬧的群眾翻弄。但西片町的老家已經易主，如今我除了死在這座山莊之外，已別無選擇。只是到時第一個發現我自殺的人將會是姊姊，想到妳會多麼驚嚇害怕，選在妳我兩人獨處的夜裡自殺，我便感到心情沉重，遲遲下不了手。

而這次是多好的機會啊。姊姊不在，只有一個極為遲鈍的舞女，我死後，她會是第一個發現的人。

昨晚兩人一起喝酒，我安排她到二樓的歐式房間就寢，自己則到樓下那間媽媽過世前起居的房間，鋪好床後，著手寫這篇悲慘的手札。

姊。

對我來說，已沒有希望的立足之地。永別了。

到頭來，我的死是自然死亡。因為人光靠思想是死不成的。

我還有一個難以啟齒的請求。媽媽留下的那件麻質和服，妳不是幫我拿去修改，讓我明年夏天穿嗎。請將那件衣服放進我的棺木裡。我想穿。

天漸漸亮了。這麼多年來，讓妳受苦了。

永別了。

昨晚的醉意已經完全醒了。我要清醒著死去。

再次向妳告別。

姊。

我是貴族。

八

夢。

大家紛紛離我而去。

替直治料理完後事，接下來一個月我獨自住在冬天的山莊。

我心靜如水，寫了封信給那個人，這可能是最後一封信了。

看來，連您也捨棄了我。不，是漸漸忘了我。

但是，我很幸福。我如願懷了寶寶。此刻我覺得自己彷彿失去了一切，但我肚子裡的小生命，成了我孤獨心中的微笑種子。

我一點也不覺得這是個汙穢的錯誤。世上有戰爭、和平、貿易、工會、政治，這一切是為了什麼目的，最近我逐漸明白箇中原因。您應該不知道吧，所以才會一直處在不幸中。我來告訴您吧，是為了讓女人生出好孩子。

打從一開始，我就不仰賴您的人格或責任感。我一往情深的戀愛冒險能否成功，是唯一關鍵的問題。現在我的心願已經達成，內心相當平靜，猶如森林裡的沼澤。

我覺得我贏了。

瑪利亞就算生的不是丈夫的孩子，只要她擁有閃耀的驕傲，他們就是聖母與聖子。

我無視於傳統道德的存在，能得到好孩子便感到心滿意足。

從那之後，想必您依舊說著嘰囉嘰、嘰囉嘰這類的話語，和那些紳士、年輕女子飲酒作樂，過著頹廢的生活。我不會叫您停止這種行為，因為或許這也是您最後的鬥爭方式。

把酒戒了，把病治好，長命百歲，幹一番大事業。像這種掃興的客套話，我已不想再說了。比起「幹一番大事業」，抱持捨命的決心，堅持過所謂傷風敗俗的生活，也許日後世人反而會向您道謝呢。

犧牲者。道德過渡期下的犧牲者。想必我和您就是這樣的人物。

革命到底要在哪兒進行呢？至少在我們生活周遭，傳統道德依然如故，沒絲毫改變，阻擋了我們的去路。儘管海面上浪潮洶湧，但底下的海水別說革命了，根本像裝睡一般，波瀾不興。

我在第一場的戰鬥中，可算是將傳統道德稍微推向了一旁。這次，我打算和即將誕生的孩子一起迎向第二場、第三場戰鬥，全力奮戰。

為我思慕的人生下孩子養育長大，是我道德革命的實踐與完成。

即便您忘了我，或是因喝酒過度而丟了性命，我也會為了完成我的革命，堅持活下去。

您人格上的缺失，早前我已從某人那裡聽到不少傳聞，但賜予我堅強的人，是您。在我心中架起那道革命彩虹的人，是您。給了我生活目標的人，是您。

我以您為傲，同時也想讓即將出世的孩子以您為傲。

私生子和他的母親。

但是，我們打算永遠和傳統道德對抗，像太陽一樣活下去。

請您也繼續您的戰鬥。

革命完全還沒起步，需要付出更多更多寶貴的犧牲。

現今的世道，最美的就是犧牲者。

此外還有一位小小的犧牲者。

上原先生。

我對您已毫無所求，但為了這位小小的犧牲者，我想請求您答應我一件事。

哪怕只有一次也好，等孩子出生後，請讓夫人抱抱他。到時候，請容我說一句：

「這是直治和某個女人的私生子。」

為什麼要這麼做，我不能告訴任何人。不，連我也不清楚為何要這麼做。但無論如何都希望您能成全。為了直治這小小的犧牲者，無論如何，希望您能讓我這麼做。

您可能會覺得不愉快。即便不愉快也請您忍耐。就當這是被您拋棄、即將遺忘的女人，唯一的小小心願，望您接納。

M・C　My Comedian。

昭和二十二年二月七日。

一九四六年，太宰治偕織田作之助、坂口安吾於東京銀座的羅平酒吧痛飲暢談。

編輯後記

「我要寫一本傑作，曠世傑作。小說的大致架構已經完成了，我想寫出日本的《櫻桃園》。沒落貴族的悲劇。連書名都想好了，就叫《斜陽》。」——太宰治

太宰治最有名的照片之一，是他坐在一只吧檯的高腳椅上，由攝影家林忠彥拍下他難得的明亮微笑。彼時他才剛在一場座談會上，坦承第一任妻子的出軌*1讓他彷彿被迫喝下滾燙的開水，接著就和兩位與談人，他相當喜愛的作家織田作之助與坂口安吾，三人前往銀座的酒吧開懷暢飲。這年年底，由恩師井伏鱒二媒妁之妻美知子正懷著第三胎*2，然而，太宰此時心心念念的卻是另一部傑作的雛型，並暗暗下定決心，要前往下曾我見情人太田靜子一面。隔年（一九四七）年初，他在下曾我取得了靜子的日記，並於

*1 太宰治學生時期與老家認識的藝伎小山初代陷入熱戀，後私奔東京，舉行非正式婚禮。太宰後來受藥癮所苦入院治療，初代在此期間與一名畫家有染，太宰得知此事後與初代相偕殉情未遂，隨後兩人分手。

*2 即作家津島佑子。

同年年底完成不朽名作《斜陽》。

二戰末期，東京遭受猛烈轟炸，太宰治一家疏散至青森老家津輕躲避戰火。他在平靜的鄉村生活中，從老家的書櫃翻出了哥哥的藏書，十九世紀劇作家契訶夫的名作《櫻桃園》，他在這部描寫俄羅斯沒落貴族的故事中，彷彿看見了原為數一數二大地主的津輕老家逐漸崩壞的陰影，這成為他執筆《斜陽》的契機。而他也在寫給當時仰慕他的女讀者太田靜子的信中，暢談此事。

後世已知，太田靜子即是《斜陽》主人公和子的原型，書中諸如燒蛇蛋、引發浴室火災、穿洋裝和涼鞋去山中勞動等情節，都是來自靜子日記中的內容；而和子寫給上原的信，太宰也整段引用，幾乎未改動；甚至為了描寫那位高雅的貴族之母，他還捧著花去探望靜子生病住院的母親。

然而，靜子其實並非出身貴族。她比太宰小四歲，為地方診所醫師世家之女，曾接受舊式女子大學教育，熱愛文學，興趣是法語和裁縫，也確實讀過書中提到的《國民經濟學入門》和《近代歐洲政治史》。她曾與弟弟的同事結婚，卻在丈夫善妒等因素下，不到兩個月即分居。不料靜子回娘家後發現懷孕，女兒又在出生後不久病逝，這一連串失婚、失去孩子的痛苦，讓她陷入深深的自責與罪惡感之中。

戰時，待在下曾我老家的靜子百無聊賴，在弟弟的書架上發現了太宰的三部曲作《虛構的徬徨》＊，為書中對罪的自咎備感共鳴，於是懷著拜師的心意寫信給太宰，旋即收到「要不要來家裡玩」的回信。於是靜子偕兩名文學同好，在昭和十六（一九四一）年秋天造訪三鷹太宰家，這才發現太宰已有妻兒，還想介紹她與學生堤重久相親，瞬即嚴正婉拒。

之後兩人相約喝茶、看電影，靜子與母親疏散到下曾我之後，太宰也曾前來拜訪。戰爭結束半年後，靜子遵照太宰的建議，開始寫日記。至此兩人

＊太宰治前期作品，新潮社於一九三七年出版，是由〈花（〈小丑之花〉）〉、〈神（〈狂言之神〉）〉、〈春（〈虛構之春〉）〉構成的三部曲作品。

仍維持柏拉圖式的關係。

直到昭和二十一（一九四六）年初夏，靜子收到太宰寄來的《津輕》和《御伽草紙》。《津輕》是太宰治於戰時受小山書店之邀，以明亮的筆觸描繪故鄉津輕、受到高度評價之作。但靜子才讀了開頭就感到一陣苦楚，而書中夾入的太宰親筆短箋，上頭寫著充滿死意的短歌，也讓她全身一寒。或許她這時才赫然發現，那脖子上仍留有紅黑色縊痕的男人還在尋死。

可能是憂心太宰就此死去，也可能是受到從南方島嶼復員歸來的弟弟的影響，同年（一九四六）秋天，靜子寫了那封信。

「我想要個孩子。」

這冷不防投來的直球，讓原先樂於維持假名通信、頗享受這段祕密曖昧關係的太宰，也做出了決定。

太宰治曾在作品中寫道，貓吃了人類扔在地上的沙丁魚，當人類以為愛情被接納之際伸手想摸貓，小指卻被伸出的貓爪撕裂且深達見骨。其實太宰這般討好與容易沉不住氣的態度，從他在戰爭前後，對國內風氣的推崇與痛斥中即可一窺端倪。而這也促成他在日本戰敗後的思潮巨變中，提出他眼中的新個人主義*，並透過《斜陽》中直治的自決與和子的革命實踐。

昭和二十二（一九四七）年初，太宰說：「我想要靜子的日記。」靜子把自己和日記一起交給了他。不過，靜子和歷來隨太宰治殉情的情人不同，她是個想要創作與革命的堅毅女子。她懷孕了。

「為我思慕的人生下孩子養育長大，是我道德革命的實踐與完成。……私生子和他的母親。……我們打算永遠和傳統道德對抗，像太陽一樣活下去。」

太宰說：「靜子做了一件好事。」

*太宰治於昭和二十二（一九四七）年，以〈新個人主義〉為題發表於《東奥論壇》月刊一月號。

又說：「這樣就不能一起死了。」

無論是自己遲遲無法忘懷、戰末死於中國青島的初代的罪；或是害死一同殉情女子的自身的罪，害怕黑暗的太宰，卻總是躺在黑暗的罪咎中。起初他以為靜子將陪伴自己死去，然而靜子腹中的孩子，不期然在兩人的關係間投下了變數。得知靜子懷孕後，太宰再沒踏入下曾我一步。

儘管如此，太宰仍在《斜陽》中借上原之口表達心境：

「母親現在應該是幸福的，不是嗎？幸福感這種東西，不就像那沉在悲哀的河底、隱隱迸出光芒的沙金嗎？」

太宰不曾有親生母親懷抱自己的記憶，因此向來嚮往母親。若說《斜陽》中上原與直治的處境是太宰一貫痛苦的深淵，即將成為母親的靜子正是那過於耀眼的光輝，也是他始終渴求的立足之地。

昭和二十二（一九四七）年十二月《斜陽》出版，大為暢銷。此時，太宰與靜子之女治子[*1]出生滿月。半年後，太宰與情人山崎富榮投玉川上水自盡。

就在靜子首度來訪三鷹後沒多久，太宰與靜子兩人隨後有了第一次的約會。當時，太宰在花店門口站了一個多小時，盯著淡紫色的花，等待靜子。後來他對靜子說：「為了紀念，我想寫一本最美的小說。」就此揭開《斜陽》序幕。

靜子懷有身孕時，山崎富榮已經成為太宰的情婦，寸步不離。倘若靜子沒懷孕，《斜陽》或許會是另一個結局。

治子長大後曾刻意模仿靜子的語氣，來安慰辛苦維持生計的母親：

「太宰少爺是個惡魔。」

但靜子說：「不，他是神明，他讓我也活在《斜陽》裡。[*2]」

*1 即作家太田治子。

*2 引述自太田治子『明るい方へ 父・太宰治と母・太田静子』，朝日新聞出版。

太宰治　年表

一九〇九（明治四十二）年

六月十九日，出生於青森縣津輕郡金木村。本名津島修治。

一九二三（大正十二）年　十四歲

擔任貴族院議員的父親病逝。進入青森縣立青森中學校就讀，自遠親家通學。

一九二七（昭和二）年　十二歲

四月，中學修業四學年畢，進入弘前高等學校文科就讀，自弘前市親戚家通學。九月，認識青森的藝伎紅子（小山初代）。

一九二九（昭和四）年　二十歲

受共產主義思潮影響，苦惱於自己的地主階級出身。十二月，期末考前一晚企圖服安眠藥自殺未遂。

一九三〇（昭和五）年　二十一歲

四月，進入東京帝國大學法文科就讀，寄宿於東京本鄉。拜井伏鱒二為師。十月，接受與初代結婚遭津島家分家除籍的處分，初代暫時回鄉。十一月，與在銀座結識的女侍應生田邊淳美相約於鎌倉腰越町小動崎海岸，以藥物企圖自殺。女方死亡。

一九三一（昭和六）年　二十二歲

二月，與前年底低調舉辦婚禮的初代，於東京品川共組家庭。

一九三二（昭和七）年　二十三歲

七月，向青森縣警察署自首，脫離左翼活動。

一九三三（昭和八）年　二十四歲

二月，移居離井伏鱒二宅邸不遠的杉並區天沼。首次以太宰治的筆名於《東奧日報》發表短篇小說〈列車〉。

一九三四（昭和九）年　二十五歲

四月，於季刊《鵲》發表短篇小說〈葉〉。

一九三五（昭和十）年　二十六歲

三月，應考東京《都新聞》失敗，企圖於鎌倉自縊未遂。五月，於《日本浪漫派》發表短篇小說〈小丑之花〉。七月，移居船橋。八月，於《文藝》（二月號）發表的〈逆行〉入圍第一屆芥川獎。九月，遭大學開除學籍。

一九三六（昭和十一）年　二十七歲

六月，出版第一本小說《晚年》。八月，入圍第三屆芥川獎，後落選。十月，因前一年盲腸炎手術後對鎮痛劑注射上癮，進入江古田的東京武藏野醫院接受治療。

一九三七（昭和十二）年　二十八歲

三月，苦惱妻子初代於其住院期間出軌一事，兩人於谷川溫泉服用安眠藥自殺未遂。六月，與初代分手。

一九三八（昭和十三）年　二十九歲

九月，在井伏鱒二介紹下住進御坂峠的天下茶屋。十一月，與石原美知子相親結婚。

一九三九（昭和十四）年　三十歲

一月，於井伏家與石原美知子舉辦結婚儀式，並在甲府市御崎町開啟新婚生活。二、三月，於《文體》發表短篇小說〈富嶽百景〉。九月，移居東京多摩郡三鷹村下連雀，一生定居此地。

一九四〇（昭和十五）年　三十一歲

五月，於《新潮》發表短篇小說〈跑吧！美樂斯〉。接連發表〈越級申訴〉、〈女人的決鬥〉等逸作，並以三鷹生活為創作素材，陸續發表〈鷗〉、〈追思善藏〉、〈乞食學生〉、〈蟋蟀〉等作。十二月，以小說《女生徒》獲第四屆北村透谷獎貳獎。

一九四一（昭和十六）年　三十二歲

一月，於《文學界》發表中篇小說〈東京八景〉。六月，長女園子誕生。九月，太田靜子偕友人初訪三鷹的太宰家。十一月，接受戰時「作家徵用」，後因胸疾免徵。出版《新哈姆雷特》。

一九四二（昭和十七）年　三十三歲

二月，以前年底太平洋戰爭爆發時、一名居住在三鷹的主婦日記為創作背景，寫下〈十二月八日〉發表於《婦人公論》。四月，短篇小說《風的訊息》出版。六月，出版短篇集《女性》。十月，初次在妻子與長女陪伴下返鄉探望母親，停留數日。十二月，母親病逝，獨自返鄉。

一九四三（昭和十八）年　三十四歲

一月，偕妻子返鄉參加亡母的法事。三月，停留甲府期間完稿、出版長篇歷史小說《右大臣實朝》。

一九四四（昭和十九）年　三十五歲

七月，前妻小山初代病逝於中國青島（三十二歲）。八月，長男正樹誕生。短篇集《佳日》出版，收錄於三鷹街道和井之頭公園等處登場的〈歸去來〉、〈黃村先生言行錄〉、〈花吹雪〉等作。十一月，隨筆集《津輕》出版。

一九四五（昭和二十）年　三十六歲

三月，妻子和兩個孩子自甲府的石原家疏散避難。四月，住家因空襲損毀，自己也從妻子的老家石原家疏散。七月，石原家因轟炸全燬。迫於無奈，只得偕妻子回本家津輕疏散。敗戰後返鄉，隔年十一月離開本家。九月，以魯迅為題材的傳記式小說《惜別》出版。十月，改編自日本民間故事的《御伽草紙》出版。

一九四六（昭和二十一）年　三十七歲

一月，對戰後日本感到失望，臨時取消自前一年十月於《河北新報》開啟的〈潘朵拉之匣〉的連載。四月，於《文化展望》發表〈十五年間〉。六月，長篇小說《潘朵拉之匣》出版。十一月，結束疏散避難的生活，偕妻子返回三鷹住家。十二月，創作的戲曲〈冬之花火〉受駐日盟軍總司令部勒令停止演出。

一九四七（昭和二十二）年　三十八歲

一月，太田靜子來訪。二月，前往下曾我的大雄山莊拜訪靜子，向靜子借來日記。於弟子田中英光的疏散地、伊豆的三津濱，創作《斜陽》。三月，次女里子誕生。此時，於三鷹站前攤販認識山崎富榮。四月，在新租下的工作室繼續創作《斜陽》。六月，完稿並於《新潮》自七月連載至十月。七月，以第一個工作室為創作原型的〈朝〉於《新思潮》發表。並將小料理屋千草的二樓充作工作室使用。八月，胸疾惡化返家休養。九月，將位於千草斜對面山崎富榮租下的房間作為工作室。十一月，與太田靜子之女治子誕生。十二月，《斜陽》出版。

一九四八（昭和二十三）年　三十九歲

一月上旬，肺結核惡化，頻繁咳血。三月左右在富榮注射營養劑下繼續創作〈人間失格〉。同時，於《新潮》連載的〈如是我聞〉遭到志賀直哉強烈批判。五月，於《世界》發表〈櫻桃〉。六月起，〈人間失格〉於《展望》開始連載至八月。六月十三日深夜，在書桌留下遺稿〈Good-bye〉與數封遺書，與山崎富榮相偕於玉川上水投水自殺。十九日，兩人的遺體才被發現。二十一日，葬儀委員長豐島與志雄、副委員長井伏鱒二於太宰自宅舉辦告別式。七月，安葬於三鷹的禪林寺，法名為「文綵院大猷治通居士」。

六月，墓碑立於禪林寺中森鷗外墓地附近。十九日，生前好友今官一將追思太宰的集會命名為「櫻桃祭」，由禪林寺每年舉辦至今。

斜陽 我深愛著與這世界戰鬥到底的你，太宰治經典名作選

作　　者　太宰治
譯　　者　高詹燦
社　　長　陳蕙慧
副 社 長　陳瀅如
總 編 輯　戴偉傑
特約編輯　周奕君
行銷企畫　陳雅雯．尹子麟．汪佳穎
封面插畫．設計　朱疋
內頁排版　極翔企業有限公司

出　　版　木馬文化事業股份有限公司
發　　行　遠足文化事業股份有限公司（讀書共和國出版集團）
　　　　　地址 231新北市新店區民權路108之4號8樓
　　　　　電話 02-2218-1417　傳真 02-2218-0727
　　　　　Email : service@bookrep.com.tw
　　　　　郵撥帳號 19588272　木馬文化事業股份有限公司
　　　　　客服專線 0800221029
法律顧問　華洋法律事務所　蘇文生律師
印　　刷　前進彩藝有限公司
初　　版　2021年8月
初版五刷　2024年5月
定　　價　280元
ISBN 978-626-314-017-2

國家圖書館出版品預行編目(CIP)資料

斜陽：我深愛著與這世界戰鬥到底的你，太宰治經典名作選／太宰治著；高詹燦譯. -- 初版. -- 新北市：木馬文化事業股份有限公司出版：遠足文化事業股份有限公司發行, 2021.08
240面；14.8×21 公分
ISBN 978-626-314-017-2（平裝）

861.57 110012017